ジャン=ポール・サルトル

アルトナの幽閉者

岩切正一郎［訳］

Les Séquestrés d'Altona

Jean-Paul SARTRE　IWAKIRI Shoichiro

閏月社

verba volant, scripta manent

目次

●注は主にトーディによる注解(Jean-Paul Sartre, *Les Séquestrés d'Altona*, edited with an introduction by Philip Thody, Hodder and Stoughton, 1965.)と、プレイヤード版サルトル戯曲全集(Jean-Paul Sartre, *Théâtre complet*, édition publiée sous la direction de Michel Contat, Gallimard, Bibliothèque de la Pleiade, 2005.)の注に拠った。本訳注ではそれぞれThody, *TC*と略記し、Thodyにはページ番号を付した。Thodyおよび*TC*に拠る注は「▼」の記号で示し、ページ下段に配した。

●訳者による注は「＊」で示し、これもページ下段に配した。Thody, *TC*注への訳者注は、原注記の後に字下げして「＊」を付して追記した。また文中にも適宜［ ］で挿入している。

アルトナ▼の幽閉者

▼ドイツでの上演では、「アルトナ」の名はタイトルから削除された。アルトナは実際には郊外の工場地区で、裕福な造船会社社長の住むような所ではないからである。　Thody, p. 197.

登場人物◉登場順

レニ……ゲアラッハ家の娘
ヨハンナ……ヴェルナーの妻
ヴェルナー……ゲアラッハ家の次男
父……ドイツ最大の造船会社の社長。ゲアラッハ家当主
フランツ……ゲアラッハ家の長男
ナチ親衛隊員
アメリカ軍将校
女
ハインリヒ軍曹
クラーゲス中尉

前置きとしての注

ゲアラッハという名前▼を私は自分で作ったものと思っていた。ところがそれは無意識に借用したものであった。この思い違いを遺憾に思う。その名の持ち主は、国家社会主義*に対抗した最も勇敢で最も良く知られた人々のうちの一人であるからなおさらである。

ヘルムート・フォン・ゲアラッハはフランスとドイツの歩み寄りのための、そして平和のための戦いに生涯を捧げた。一九三三年、彼はドイツの追放者リストの筆頭に名前が記された。*彼とその一族の財産は押収された。避難民となった同胞の救済のために力を尽くしたが、二年後に亡命先で亡くなった。

登場人物の名前を変えるにはもう遅すぎる。彼の友人、そして近親者の方々の寛恕《かんじょ》を請う。

▼サルトルの戯曲『悪魔と神』（一九五一年初演）にもゲアラッハが登場する。 *TC*

*ドイツ語のNationalsozialismus。フランス語では略してnazisme。（日本語の「ナチズム」）。

*彼は最初オーストリアに亡命し、ドイツの市民権を失い、その後パリに移る。次行の「亡命先」はパリを指す。

第一幕

これみよがしの醜い家具でいっぱいの大きな部屋。家具の大半は十九世紀末ドイツのもの。▼室内の階段が小さな踊り場に通じている。この踊り場に面して閉じた扉が一つある。二つのガラスドアがあり、右手、木立の茂る庭に面している。木々の葉を通って入ってくる外光はほとんど緑に見える。舞台奥、右手と左手に、ドアが二つある。奥の壁に、フランツの大きな写真が三枚。どの額にも、下方右に喪章。

▼パリ上演の際の古めかしい雰囲気は、ドイツ上演ではよりモダンなセッティングへ変更された。成功したドイツの企業人が十九世紀の雰囲気で暮らすことをドイツの観客は受け入れなかったであろうから。ドイツ上演では、父を演じる俳優は、アメリカ映画に見られるような現代的でエレガントな資本家の風貌だった。

Thody, p. 198.

第一場

レニ、ヴェルナー、ヨハンナ

レニは立っている、▼ヴェルナーは肘掛椅子に座っている、ヨハンナは長椅子に座っている。彼らは話をしていない。それから少しして、ドイツの大きな掛け時計が三回鳴る。▼ヴェルナーは急いで立ち上がる。

レニ　（笑い弾けながら）気をつけ！（間）三十三にもなって！（苛立って）座んなさいよ！

ヨハンナ　どうして？　時間じゃないの。

レニ　時間？　今からよ、待つのは。（ヴェルナーは肩をすくめる。ヴェルナーに）わたしたちは待つ。知ってるくせに。

ヨハンナ　知ってるって、どうして？

レニ　決まりだから。▼家族会議のときはいつも……

ヨハンナ　家族会議って、よくやったの？

レニ　会議が我が家のパーティーだった。

ヨハンナ　パーティーにもいろいろあるのね。それで？

▼パリ上演では、レニは階段の一番下に座り、人がそこを上ってフランツの部屋へ行くのを妨げるかのようであった。　Thody, p. 198.

▼フランスの劇場では棒(brigadier)で三度床を叩いて幕開きを告げる。三回鳴る時計の音は、ゲアラッハ家では感情的芝居が優位に立っていることを示す。　*TC*

▼つまり舞台は習慣をモデルとすることになり、演劇性をいっそう決定づける。家族は伝統となっている儀式を再演するのだ。　*TC*

レニ　（言葉を続けて）ヴェルナーは早く来て、ご老公ヒンデンブルク▼は遅れる。お父さんはいつも軍隊なみに正確だった。

ヴェルナー　（ヨハンナに）信じるなよ、こいつの言うことなんて。

レニ　その通り。わたしたちは待っている。お父様は書斎で葉巻をくゆらせながら時計を見ている。三時十分、軍隊式にご入場。きっかり十分、一分の狂いもない。社員集会のときは十二分。経営委員会のときは八分。

ヨハンナ　どうしてそんなことわざわざ？

レニ　時間をくれるのよ、怖がるための。

ヨハンナ　造船所でもそうなの？

レニ　現場監督は最後に到着。

ヨハンナ　（あっけにとられて）何それ？（彼女は笑う）そんなの信じる人、いる、今どき？

レニ　ご老公ヒンデンブルクはそれを信じてきた、五十年間。

ヨハンナ　きっとそうね。でも今は……

レニ　今はもう何も信じていない。（間）でも十分遅れるの。始めた理由はどこかへ行ってしまう、だけど習慣は残る。可哀想なお父様がこの習慣に染まった頃ビスマルクはまだ生きていた。（ヴェルナーに）覚えてない？待たされたじゃない、わたしたち。（ヨハンナに）この人ぶるぶる震えてた。罰を受けるのは誰だろうって！

▼パウル・フォン・ヒンデンブルク（1847-1934）は、有名なドイツ軍人で、ドイツ帝国（ヴァイマール共和国）の第二代大統領（1925-1934）。十九世紀末から二十世紀初頭のドイツを支配した古いドイツ貴族、軍人階級の統治を典型的に体現していた。レニの軽薄な参照は、父が廃れた文明を表象しているそのあり方を強調している。　Thody, p. 198.

ヴェルナー　おまえは違うっていうのか、レニ？

レニ　（そっけなく笑う）わたし？　死ぬほど怖かった、でも思っていた。借りは返してもらうから、って。

ヨハンナ　（皮肉に）返してもらえたの？

レニ　（微笑みながら、しかし非常に厳しく）返してもらうのよ。（彼女はヴェルナーの方へ振り向く）罰を受けるのは誰？　わたし、兄さん、どっち？　昔に返るわね、こうやってると！（突然荒々しく）大嫌い、拷問する人間にぺこぺこする犠牲者なんて。▼

ヨハンナ　ヴェルナーは犠牲者じゃないわよ。

レニ　ご覧になれば、この人。

ヨハンナ　（鏡を指さしながら）あなたも自分をご覧になれば。

レニ　（不意を突かれて）わたし？

ヨハンナ　言うほど立派じゃないわよ！　それに、たくさん喋《しゃべ》るのね、あなた。

レニ　気晴らしをしてあげているのよ。ずっと前から、わたしはもうお父様なんて怖くない。それに今日はわたしたち知っているじゃない、お父様が何を言うのか。

ヴェルナー　見当もつかない。

レニ　何よ、しらばっくれて。嫌なことにはいつもほっかむりなんだから！（ヨハンナに）ご老公ヒンデンブルクはもうすぐ死ぬ。ヨハンナ、あなた知ら

▼「犠牲者なんて大嫌い」。レニは、サルトル自身の態度をしばしば反映しているように見える。この考えはサルトルの多くの著作に見られ、不正な権威を唯々諾々と受け入れる態度への反対を形成している。
Thody, p. 198.

なかった？

ヨハンナ　知っていたわよ。

ヴェルナー　違う！（彼は震え始める）いいか、それは違うぞ。

レニ　震えるのはやめて！（突然荒々しく）くたばる！　犬のようにくたばる！　兄さんだって知ってた。その証拠に、全部ヨハンナに喋っているじゃない。

ヨハンナ　そんなことないわよ、レニ。

レニ　あら、そう！　この人、秘密ないんでしょ、あなたには。

ヨハンナ　ううん、あるわよ。

レニ　じゃあ誰に教わったの？

ヨハンナ　あなたに。

レニ　（あっけにとられて）わたし？

ヨハンナ　三週間前、診察が終わったあと、お医者様がひとり、青いサロンへあなたに会いに行った。

レニ　ヒルベルト？　ええ。それで？

ヨハンナ　わたしがあなたと廊下で会ったとき、お医者様はちょうど帰ったところだった。

レニ　それで？

ヨハンナ　それだけ。（間）あなたったら、顔に出るのよ。

レニ　知らなかった。ありがとう。わたし、嬉しそうだった？

ヨハンナ　怯《おび》えてた。
レニ　（大声で）いい加減なこと言わないで！
彼女は自分を取り戻す。
ヨハンナ　（穏やかに）鏡で見てみれば、口元。怯えが残っているから。
レニ　（簡潔に）鏡は見ない、あなたと違うから。
ヴェルナー　（椅子の肘掛を叩きながら）もういい！（彼は怒りをこめて二人を見る）お父さんがもう長くないのは本当だとしても、せめて口を慎んで欲しいよ。（レニに）どこが悪いんだ？（彼女は答えない）どこなんだって聞いているんだけど？
レニ　兄さんはそれ知ってる。
ヴェルナー　でたらめ言うな！
レニ　教えてもらったでしょ、わたしより二十分も前に。
ヨハンナ　レニ？一体それ？……
レニ　ヒルベルトはね、青いサロンの前に、薔薇色のサロンに立ち寄った。そこで兄さんに会って全部話した。
ヨハンナ　（あっけにとられて）ヴェルナー！（彼は答えずに肘掛椅子のうえで背を丸める）……どういうこと。

レニ　ヨハンナ、あなたまだ知らないのよ、ゲアラッハの人間を。
ヨハンナ　（ヴェルナーを指さしながら）そのひとりをハンブルクで三年前に知った。そしてたちまち恋に落ちた。その人は自由で、率直で、陽気だった。それがあなたたちのせいで見る影もなく変わってしまった！
レニ　あなたのゲアラッハは、ハンブルクで言葉を怖がっていた？
ヨハンナ　いいえ。
レニ　だったら、ここでのヴェルナーが本当のヴェルナーよ。
ヨハンナ　（ヴェルナーの方を向き、悲しげに）嘘をついたのね、わたしに！
ヴェルナー　（口早に強く）黙れ。（レニを指さしながら）にやにやしてるじゃないか。何か裏があって地ならしをしているんだ。
ヨハンナ　誰のために？
ヴェルナー　お父さん。ぼくたち夫婦は生け贄として指命された。お父さんとレニの目的はぼくたちをばらばらにすること。きみが何を考えようと構わない、でもぼくを非難するのだけはやめてくれ。向こうの思うつぼだ。
ヨハンナ　（優しく、だが真面目に）非難なんてしない。
ヴェルナー　（偏執的に、だが、ぼんやりと）そう、それでいい！　それでいい！
ヨハンナ　どうなるの、わたしたち？
ヴェルナー　大丈夫。すぐに分かる。

沈黙。

ヨハンナ　どこが悪いの？

レニ　誰？

ヨハンナ　お父様。

レニ　喉頭癌。

ヨハンナ　死ぬの？

レニ　普通はね。（間）長引くこともある。（優しく）あなた、お父様のこと好きだったものね？

ヨハンナ　今もそうよ。

レニ　どんな女の人にももてた。（間）その報いがこれとは！　あんなに愛された口のなかに……（彼女は、ヨハンナが理解していないことに気付く）あなた、たぶん知らないでしょうけど、喉頭癌って、いちばん厄介なのは……

ヨハンナ　（理解して）言わないで。

レニ　あなたもゲアラッハの一員になった、すてき！

彼女は聖書を取りに行く。十六世紀の分厚くて重い聖書である。それを苦労しながら小型円卓の上へ運ぶ。

ヨハンナ　なあに、それ？

レニ　聖書。テーブルの上に置くの、家族会議のときはね。（ヨハンナは、驚いてそれを見る。レニは少し苛々しながら言い添える）だって誓いを立てるときにいるでしょ。

ヨハンナ　誓うようなことは何もないと思うけど。

レニ　さあどうかな？

ヨハンナ　（安心するために笑いながら）あなたたち、神も悪魔も信じていないじゃない。

レニ　ええ。でもわたしたちは教会に行くし、聖書にかけて誓う。言ったでしょ。うちの家族って、生きる理由はなくしたけれど、良い習慣は守ってきた。（彼女は時計を見る）三時十分。ヴェルナー、立ってもいいわよ。

第二場

同じ登場人物、父

このとき父がガラスドアから入ってくる。ヴェルナーはドアが開く音を耳にし、半回転する。ヨハンナは立ち上がるのを躊躇している。最後には、いやいやながら、立ち上がる決心をするだろう。だが父は部屋を活発な足取りで横切り、手を彼女の肩に置いて、むりやり座らせる。

父　まあ、座って。（彼女は再び座り、彼はお辞儀して手に口づけする。それからかなり急に身を起こし、ヴェルナーとレニを見る）つまり、あらためて言うことは何もない？　結構！　早速本題に入ろう。大げさなことは抜きだ、そうだろう？（短い沈黙）そこでと、わたしはもう助からない。（ヴェルナーは父の腕を取る。父はほとんど乱暴に振りほどく）言っただろう、大げさなことは抜きだ。（ヴェルナーは傷つき、顔をそむけ、再び座る。間。父は三人全員を見る。少し嗄《しゃが》れた声で）おまえたち、わたしが死ぬと信じているだろう！（三人から眼を離さず、自分に言い聞かせるように）わたしは死ぬ。死ぬ。それは動かしようのない事実だ。（彼は落ち着く。ほとんど愉快そうに）自然ってやつは、じつにけしからんやり方でわたしをからかっている。自業自得な面はある。けれどこの体が人様に迷惑をかけたことは一度もない。それが半年後には、ひたすら厄介なだけの屍になってしまう、いいことはひとつもない。（ヴェルナーの仕草に、笑いながら）まあ座れ。わたしは礼儀正しくこの世を去る。

レニ　（打算的な気持ちでかつ丁重に）お父様は……▼

父　細胞の勝手なふるまいをただじっと我慢しているとでも思っているのか、海の上に鋼鉄を浮かべるこのわたしだぞ？（短い沈黙）半年もあれば充分だ、仕事のかたはつく。

ヴェルナー　そのあとは？

父　そのあと？　何があって欲しい？　何もない。

レニ　何も？

父　死に方は人が決める。〈自然〉の勝手にはさせない。〈自然〉を矯正するんだ。

ヴェルナー　（胸を締め付けられて）矯正するって、誰が？

父　おまえがだ。それができるならな。（ヴェルナーはびくっとする。父は笑う）一切わたしが引き受ける。おまえたちは葬式の心配をしてくれればそれでいい。（沈黙）以上。（長い沈黙。ヨハンナに、愛想良く）悪いね、付き合わせて。あと少し辛抱してくれ。（レニとヴェルナーに、口調を変えて）ひとりずつ、誓

▼「自殺するのね」と言外に言っている。この推測の正しさは父の返答で確証される。Thody, p. 199.

ってくれ。

ヨハンナ　（不安げに）大げさだわ！　それ、抜きにするっておっしゃったじゃありませんか。誓うって何を？

父　（人の良い調子で）大したことじゃない。それに、血のつながっていない女性は誓いを免除されている。（彼は、皮肉とも真面目ともつかない荘重さをもって、息子のほうを向く）ヴェルナー、立て。おまえは弁護士だった。フランツが死んだとき、わたしはおまえに助けを請い、おまえは躊躇なく弁護士の仕事を捨てた。恩返しをしなくてはな。おまえは我が家の主《あるじ》になり、社長になる。（ヨハンナに）ご覧のとおり、何も心配はない。この子を王様にするんだ。（ヨハンナは黙っている）いい返事はもらえないのかね？

ヨハンナ　わたしにはお答えできません。

父　ヴェルナー！（辛抱できなくて）断るのか？

ヴェルナー　（陰鬱になり困惑して）お望みのとおりにします。

父　もちろんだ。（彼は息子を見る）嫌《いや》なのか？

ヴェルナー　ええ。

父　ヨーロッパ最大の造船会社だぞ！▼　それをやるというのに、迷惑そうな顔をしている。どうした？

ヴェルナー　ぼくは……ふさわしくないんです。

父　だとしても仕方ない。跡継ぎはおまえしかいない。

▼サルトルの義父（母の再婚相手）ジョゼフ・マンシーはラ・ロシェルで造船会社を経営していた。　TC
＊サルトルは義父を嫌っていた。

ヴェルナー　必要な素質、フランツには全て揃っていました。
父　ただひとつを除いて。つまりもう死んでいる。
ヴェルナー　いいですかお父さん、ぼくは有能な弁護士だった。それが無能な社長になる。そうすんなりとはお引き受けできません。
父　無能ってことはないだろう。
ヴェルナー　ぼくは人の目を見ると命令できなくなるんです。
父　どうして？
ヴェルナー　その人とぼくとが対等の人間のような気がして。
父　眼の上を見ればいい。（自分の額に触る）たとえばここだ。あるのは骨だけ。
ヴェルナー　その傲慢さがあればいいんですけど。
父　おまえにはないのか？
ヴェルナー　どこから引っ張ってこいっていうんです？　お父さんはフランツを自分の似姿どおりにしようとして、少しも手を抜きませんでした。でもぼくに教えてくれたのは受け身の服従だけです、それ、ぼくのせいですか？
父　同じことだ。
ヴェルナー　同じって何が？
父　服従と命令だ。どちらの場合も、人から受けた命令をほかの者へ伝えるだけだ。
ヴェルナー　お父さんも命令を受けるんですか？

父　ついこの間までそうだった。今はもう受けてさえいない。
ヴェルナー　誰なんです、お父さんに命令していたのは？
父　分からない。たぶん、わたし自身だろう。（微笑みながら）やり方を教えよう。命令しようと思うときは、自分を他人と思うんだ。
ヴェルナー　ぼくはぼく以外の誰でもありません。
父　わたしが死ぬのを待て。一週間もすれば、おまえは自分をこのわたしだと思うようになる。
ヴェルナー　決定をくだす！　決定をくだす！　一切を我が身に引き受ける。たったひとりで。十万人を代表して。それでよく生きてこられましたね！
父　だいぶ前からわたしはもう何も決定していない。手紙にサインするだけだ。来年は、おまえがサインしている。
ヴェルナー　ほかには何もしないんですか？
父　何も。かれこれ十年になる。
ヴェルナー　それってお父さんである必要あるんですか？　誰だっていいじゃありませんか？
父　誰だっていい。
ヴェルナー　たとえば、ぼくでも？
父　たとえば、そうだ。
ヴェルナー　でも、全てが完璧とはいかないでしょう。歯車がたくさんあって。もし、

父　そのなかのひとつが軋み始めたら……ゲルバーが調節してくれる。すばらしい男だ、知っているだろう。うちに来て二十五年。

ヴェルナー　とすると、ぼくは運がいい。ゲルバーが命令するんですね。

父　ゲルバー？　馬鹿を言うな！　あれはおまえに雇われている男だ。おまえの出すべき命令をあれがおまえに教える、そのために給料を払っているんだ。

ヴェルナー　（間）お父さん、結局あなたは生きているあいだ、一度だってぼくを信用したことがないんです。あなたはぼくを会社の一番上へ放り上げる、ぼくがたった一人の跡継ぎだから。でも慎重を期して、まず始めにぼくを植木鉢に変えた。

父　（悲しげに笑いながら）植木鉢！　じゃあわたしは？　わたしは何だ？　マストのてっぺんに引っかけた帽子か。▼（ほとんど老け込んだ、悲しく優しい様子で）ヨーロッパ最大の造船会社……見事な組織だ、そうだろう、見事な組織……

ヴェルナー　そうですね。それで暇を持てあましたら、昔手がけた訴訟記録でも読み返します。その後ぼくたちは旅に出ます。

父　だめだ。

ヴェルナー　（驚いて）それって、ぼくにできる一番慎ましいことですよ。

父　（威圧的かつ高飛車に）論外だ。（彼はヴェルナーとレニを見る）いいか、よく聞

▼ウィリアム・テル伝説への参照。代官ゲスラーは中央広場のポール（mât・マスト）に自分の帽子を掛け、その前を通る臣下はお辞儀をしなければならなかった。ウィリアム・テルはそれを拒みゲスラーは彼を逮捕させた。　*TC*

け。遺産は分割しない。自分の持ち分は、相手が誰であろうと、売却も譲渡も禁止だ。この家を売るのも貸すのも禁止。家を出るのも禁止。おまえたちは死ぬまでここで暮らす。誓いなさい。（レニに）おまえからだ。

レニ　（微笑みながら）ねえお父様、真面目な話、誓うことは誓うけど、それに縛られはしませんからね、わたし。

父　（彼も微笑みながら）さあ、レニ、おまえのことは信用している。兄さんに手本を見せてやれ。

レニ　（聖書へ近づき、手を伸ばす）わたしは……（彼女は噴き出しそうになるのをこらえている）ちょっともう、だめ。ごめんなさい、でもおかしくって。（ヨハンナに、傍白）いつだってこうよ。

父　（人が良さそうに）いくら笑ってもいい。誓ってさえくれれば。

レニ　（微笑みながら）聖書に誓って、わたしはお父様の生前最後の意志に従います。（父は彼女を笑いながら見る。ヴェルナーに）兄さんの番よ、総領息子！

ヴェルナーは上の空である。

父　さあ、ヴェルナー？

ヴェルナーは急に顔をあげ、追い詰められた様子で父を見る。

レニ　（真面目に）ねえ、わたしたちを解放してよ。誓うだけじゃないの、それで済むんだから。

ヴェルナーは聖書へと向きを変える。

ヨハンナ　（慇懃な落ち着いた声で）ちょっと待ってください。（父は彼女を気後れさせるような驚きの表情をわざと浮かべ彼女を見る。彼女は動じることなく彼を見返す）レニの宣誓、あれはふざけたお芝居です。みんな笑っていました。ヴェルナーの番になったとたん、誰ももう笑わない。なぜなんです？

レニ　それはね、あなたのお連れ合いが何でも真面目に取るから。

ヨハンナ　だったら、なおさら笑えるじゃない。（間）レニ、あなた、うちの人を見張っていたでしょう。

父　（威厳をもって）ヨハンナ……

ヨハンナ　お父様、あなたも見張ってらしたわ。

レニ　ってことはあなたもわたしを見張っていたのね。

ヨハンナ　お父様、わたしたち、思っていることを素直に口に出したほうがよろしいんじゃありません。

父　（愉快そうに）あなたとわたしが？

ヨハンナ　お父様とわたし。（父は微笑む。ヨハンナは聖書を取り、もっと離れた家具の上へ苦労して運ぶ）まず話をする。それから、誓いたい人は誓う。

レニ　ヴェルナー！　奥さんに守ってもらいっぱなし？

ヴェルナー　守るって、ぼくは攻撃されているのか？

ヨハンナ　（父に）お聞きしますけど、お父様はどうしてわたしの人生を勝手におできになるんです？

父　（ヴェルナーを指さして）わたしはこれの人生は勝手にできる、わたしのものだからな。だがあなたの人生にたいしては何の権限もない。

ヨハンナ　（微笑みながら）わたしとヴェルナーの人生は別々って思っていらっしゃるの？　お父様だって結婚なさっていたでしょ。この人たちのお母様を愛していたでしょう？

父　しかるべくね。

ヨハンナ　（微笑みながら）そう。そのせいでお亡くなりになった。お父様、わたしとヴェルナーは、しかるべき愛よりももっと深く愛し合っています。自分たちのことは何もかもふたりで決めてきました。（間）この人がもし無理矢理誓わされ、その誓いに背かないように家に閉じこもってしまえば、この人はわたし抜きで、わたしに逆らって、物事を決めてしまいます。お父様はわたしたちを永遠に引き裂いてしまうんです。

父　（微笑みを浮かべ）この家《うち》は気に入らないかね？

ヨハンナ　少しも。

沈黙。

父　何が不満なんだ？

ヨハンナ　わたしが結婚した人は、才能のほかには何一つ持っていないハンブルクの弁護士でした。三年後、わたしはこの要塞のなかでひとりぼっち、造船業の男と結婚して。

父　それほど惨めな運命かね？

ヨハンナ　わたしにはそうです。わたしがヴェルナーを愛していたのは、この人が自立していたからです。それをこの人は無くしました、お分かりでしょう。

父　誰がそれを奪った？

ヨハンナ　お父様です。

父　一年半前、あなたたちはふたりで決心して、ここに身を落ち着けることにした。

ヨハンナ　それを望んだのはお父様です。

父　仮に過ちがあるとしても、あなただって共犯者だ。

ヨハンナ　わたしはこの人に、お父様とわたしのどちらか一人を選ぶようなまね、させたくはなかったんです。

父　そうすれば良かったのに。

レニ　（愛想良く）きっとあなたを選んだわね。

ヨハンナ　五分五分よ。でも仮にわたしを選んでも、それを百パーセント嫌悪したと思う。

父　どうして？

ヨハンナ　お父様を愛しているから。（父は無愛想に肩をすくめる）希望のない愛、それがどんなものかご存じ？

父は顔つきを変える。レニはそれに気付く。

レニ　（勢い込んで）じゃあなたは知っているの、希望のない愛？

ヨハンナ　（冷ややかに）いいえ。（間）この人は知ってる。

ヴェルナーは立ち上がっている。彼はガラスドアのほうへ歩く。

父　（ヴェルナーに）どこへ行く？

ヴェルナー　お暇《いとま》します。そのほうが気が楽でしょう。

ヨハンナ　ヴェルナー！　わたしたちふたりのための闘いなのよ。

ヴェルナー　ふたり？（非常にぶっきらぼうに）ゲアラッハでは、女は黙るんだ。

彼は出て行こうとする。

父　（優しく、だが高飛車に）ヴェルナー！（ヴェルナーはぴたりと立ち止まる）戻って座れ。

ヴェルナーは緩慢《かんまん》に自分の場所に戻り、彼らに背を向けて座り、頭を両手のなかに埋《うず》め、会話への参加の拒否を示す。

ヴェルナー　話ならヨハンナにしてください！

父　そうか！　それで、ヨハンナ？

ヨハンナ　（ヴェルナーへ不安な眼差しを向け）話は今度にしましょう。わたし、とても疲れました。

父　だめだ。そっちで始めた話だ。終わらせなくてはな。（間。ヨハンナは途方に暮れ、黙ってヴェルナーを見る）わたしが死んだ後、ここに住むのを拒否する、そういうことだね？

ヨハンナ　（ほとんど懇願するように）ヴェルナー！（ヴェルナーの沈黙。彼女は急に態度を変える）そうです、お父様。そういうことです。

父　どこに住む？

ヨハンナ　以前住んでいたところに。
父　ハンブルクに戻るのか?
ヨハンナ　ええ、あそこに。
レニ　ヴェルナーが望めばね。
ヨハンナ　望むわ。
父　会社はどうする? ヴェルナーが社長になることには同意してくれるだろうね?
ヨハンナ　ええ、それでお父様の気が休まるなら。そして、ヴェルナーに名前だけの社長を演じる気があるなら。
父　(熟考するかのように) ハンブルクに住む……
ヨハンナ　(期待をもって) わたしたちの願いはそれだけなんです、譲《ゆず》っていただけないかしら?
父　(愛想良く、しかし断固として) だめだ。(間) 息子はここに留まり、ここで暮らし、ここで死ぬ。わたしも、父も、祖父もそうしてきた。
ヨハンナ　なぜ?
父　なぜだめなんだ?
ヨハンナ　住むように家が要求するんですか?
父　そうだ。
ヨハンナ　(ぶっきらぼうに激しく) だったら家《いえ》なんて崩れてしまえばいいのよ!

レニは笑い出す。

レニ　（慇懃に）よろしければ火をつけて差し上げましょうか？　それ子供のとき、わたしの夢だった。

父　（愉快そうに、周りを見て）可哀想な家だ。どうしてこれほど嫌われる？……ヴェルナーに嫌われているのか？

ヨハンナ　ヴェルナーとわたしにです。無様《ぶざま》な家！

レニ　ほんとそう。

ヨハンナ　わたしたちは四人。今年の暮れには三人になります。物で一杯の部屋が三十二も要ります？　ヴェルナーが仕事に行ったあと、わたし怖いわ。

父　それで出ていく？　ちゃんとした理由とは言えないね。

ヨハンナ　そうですね。

父　ほかにも何か？

ヨハンナ　ええ。

父　それも検討してみよう。

ヴェルナー　（叫び声で）ヨハンナ、きみの口出しすることか……

ヨハンナ　じゃあ、自分でおっしゃいよ！

ヴェルナー　言うだけ無駄。どうせ言いなりだ！

ヨハンナ　なぜ？
ヴェルナー　父親だからさ。もうやめよう！

彼は立ち上がる。

ヨハンナ　（彼の前に来て）だめよ、ヴェルナー、だめ！
父　これの言うとおりだ。もうやめよう。あなたはうちの家族になった。家族は家だ。だからこの家に住んで欲しい、あ、な、た、に。
ヨハンナ　（笑いながら）家族なんて口実でしょ。わたしたちを犠牲にするのは家のためにではありません。
父　じゃあ誰のために？
ヴェルナー　ヨハンナ！
ヨハンナ　お宅のご長男のために。

長い沈黙。

レニ　（落ち着いて）フランツは死んだのよ、アルゼンチンで。もう四年になる。（ヨハンナは彼女を鼻で笑う）死亡証明書を受け取ったわ、一九五六年。アルトナの市役所に行けば見せてくれるわよ。

ヨハンナ　死んだ？　それならそれでいいけど。でも、なんて呼べばいいの、その人が送っている人生？　死んでいようと生きていようと、確かなのは、その人がここに住んでいるってこと。

レニ　違う！

ヨハンナ　（二階のドアへの仕草）あそこ。あのドアの向こう。

レニ　バカなこと言わないで！　誰に聞いたの、そんな話？

間。ヴェルナーは落ち着いて立ち上がる。兄のことが話題になるとすぐに、彼の眼は輝き、自信を取り戻す。

ヴェルナー　誰だと思う？　ぼくだ。

レニ　ベッドのなかで？

ヨハンナ　いけない？

レニ　ぷふっ！

ヴェルナー　妻なんだ。ぼくが知っていることを知る権利がある。

レニ　愛の権利？　つまんない人たちね！　わたしだって好きな男には心も体もゆるすけど、必要だったら一生嘘をつきとおすわよ。

ヴェルナー　（激しく）よく言うよ、おまえ男を愛したことなんかないだろ。何に向かって嘘をつく？　九官鳥にか？

父　（居丈高に）黙れ、みんな。（彼はレニの髪を撫でる）固い頭だ、だが髪の毛は柔らかい。（彼女は乱暴に身を振りほどき、彼は警戒したままだ）フランツはあそこで暮らしている。十三年間、部屋から一歩も出ていない。レニが面倒をみている。ほかの誰とも会わない。

ヴェルナー　お父さんにも会っている。

父　わたしに？　誰から聞いた？　レニか？　レニの言うことを信じたのか？　仲良しなんだな、わたしをいじめるときには。（間）十三年間、フランツには会っていない。

ヴェルナー　（あっけにとられて）どうして？

父　（ごく自然に）わたしには会いたくないそうだ。

ヴェルナー　（当惑して）そうなんだ！（間）そうなんだ！

ヴェルナーは自分の場所に戻る。

父　（ヨハンナに）あなたには礼を言うよ。うちは、ご覧のとおり、真実はそれとして受け入れる。偏見はない。けれどもなるべくなら、その真実が部外者の口から出るように仕向けるんだ。（間）フランツはあそこで暮らしている。孤独な病人だ。それで何か変わるのかね？

ヨハンナ　ええ、何もかも。（間）良かったじゃありませんか、お父様、血のつながっていない義理の娘が、部外者が、真実を言ってさしあげます。わたしが知っているのはこういうことです。一九四六年にスキャンダルが持ち上がった——どんなものかは分かりません、夫はまだフランスで捕虜になっていましたから。司直の手が入ったようです。フランツは行方をくらました。アルゼンチン、っておっしゃいましたね。本当は、ここに隠れたんです。五六年、ゲルバーが急遽南アメリカへ旅行します。そして死亡証明書を持って帰ってきます。しばらくして、お父様はヴェルナーに仕事を辞めるよう命令します。そしてここに、将来の跡継ぎとして住まわせます。わたし、何か間違っています？

父　いや。続けたまえ。

ヨハンナ　これで全部です。フランツとはどんな人だったのか、何をしたのか、どうなったのか、わたしは知りません。確かなことはひとつだけです。ここに残れば、わたしたちはその人に奴隷として仕えることになります。

レニ　（激しく）そんなことない！　わたしがいれば充分。

ヨハンナ　とてもそうとは思えない。

レニ　わたしにしか会いたくないの！

ヨハンナ　そうかもしれないけど、でも遠くからお父様に守られている。お父様のあとは、今度はわたしたちが守ることになる。あるいは監視することに。わたしたちってたぶん、奴隷と牢屋の番人を兼ねるのよ。

レニ　（憤慨して）牢屋の番人なの、わたし？

ヨハンナ　知るもんですか。閉じ込めたんでしょう、▼ あなたたち、ふたりで？

沈黙。レニはポケットから一個の鍵を取り出す。

レニ　階段あがってノックしてみれば。開けてくれなかったら、鍵はこれ。

ヨハンナ　（鍵を受け取りながら）ありがとう。（彼女はヴェルナーを見る）どうすればいいの、ヴェルナー？

ヴェルナー　好きなようにすればいい。見え透いた子供だましだ、今にわかる……

ヨハンナはためらい、それからゆっくりと階段を上る。彼女はドアをノックする。一度、二度。一種の神経的狂乱が彼女を襲う。ドアにノックを霰のようにたたきつける。彼女はサロンの方へ向き直り、今にも降りようとする。

レニ　（落ち着いて）鍵、持ってるでしょ。（間。ヨハンナはためらう。怖いのだ。ヴェルナーは不安げで、動揺している。ヨハンナは自分を取り戻し、鍵を鍵穴に入れ、開けようとするが、鍵は回るだけで、開かない）どう？

ヨハンナ　内側から錠が掛かってる。

▼自発的な幽閉か強制された監禁か。この曖昧さはジッドの『ポワチエの幽閉者』の核心部分でもある。TC

＊アンドレ・ジッドの著した『ポワチエの幽閉者』（*La Séquestrée de Poitiers*）は、名家の娘でパリ社交界の花形であったブランシュ・モニエが、母親の意に沿わない貧しい弁護士との結婚を望んだことで、母と兄によって、一八七六年から一九〇一年まで二十五年間にわたって屋根裏部屋に監禁されていた事件をもとに書かれた小説（一九三〇年出版）。

彼女は再び降りようとする。

レニ　誰が掛けたの？　わたし？

ヨハンナ　たぶん別のドアがあると思う。

レニ　ないわよ。知ってるでしょ。ほかの部屋とはつながっていないのよ、その部屋。錠が掛かっているなら、掛けたのはフランツしかいない。（ヨハンナは階段の一番下に来ている）どう？　これでも監禁しているの、哀れな男を？

ヨハンナ　監禁っていっても、やり方はいろいろある。一番いいのは、自分で自分を監禁するように仕向けること。

レニ　どうやって？

ヨハンナ　嘘をついて。

彼女はレニを見る。レニは当惑した様子である。

父　（ヴェルナーに、勢い込んで）おまえ、こういう種類の事件を弁護したことはあるか？

ヨハンナ　こういうって？

父　監禁だ。

ヴェルナー　（喉を詰まらせて）一度だけ。
父　そうか。ここに家宅捜索が入るとしよう。すると検察は事件にするだろうな？
ヴェルナー　（まんまと引っかかり）どうして家宅捜索するんです？　十三年間、そんなことは一度もありませんでした。
父　わたしもそう思っていた。

沈黙。

レニ　（ヨハンナに）でね、わたしの運転、スピードを出しすぎるって、あなた言ったじゃない。木にぶつかるかもしれない。そしたらフランツはどうなるの？
ヨハンナ　もし狂っていなければ、使用人を呼ぶでしょうね。
レニ　狂ってはいない。でも呼ばない。（間）兄さんが死んだってみんなは臭いで知ることになる！（間）ドアを破って入ってみると、兄さんは床に倒れていて、まわりは貝殻だらけ。▼
ヨハンナ　貝殻？　何それ？
レニ　牡蠣が好きなの、あの人。
父　（ヨハンナに、親しげに）この子の言うとおりだ。あの子が死んだら、世紀の

▼［ジッドの小説において］ポワチエの幽閉者の部屋に入ったときに予審判事は言った。「我々が眼にするのは、牡蠣殻とバスチアン嬢

ヨハンナ　スキャンダルだ。（彼女は黙る）世紀のスキャンダルだよ、ヨハンナ……
父　（厳しく）お父様には関係ないでしょ？　もうお墓の中なんですから。
ヴェルナー　時効はあるのか？　どうなんだ！　おまえの商売だろう。
父　（微笑みながら）わたしはね。だがあなたたちは違う。四六年の、あの事件。
罪状を知りません。
ヴェルナー　よく言えば、暴行傷害。悪く言えば、殺人未遂。
父　（喉を締め付けられ）時効はありません。
ヴェルナー　となると、何が我々を待っているか、わかるな。殺人未遂における幇助《ほうじょ》、
文書偽造、偽造文書使用、監禁。
父　文書偽造？　何なんですそれ？
（笑いながら）死亡証明書だ！　けっこう高くついた。（間）どう思う、弁護
士くん？　重罪裁判所行きかな？

ヴェルナーは黙っている。

ヨハンナ　ヴェルナー、してやられたわ。選ぶのはわたしたちなのよ。あなたよりも
大切にされている狂人の召使いになるか、それとも、被告人席に座るか。
あなたはどっちがいいの？　わたしはもう決めた。被告人席。一生奴隷で
いるより刑期付きで牢屋に入るほうがましよ。（間）どうなの？

のベッドの上を走り回る動物たちだ」。TC
＊バスチアン嬢（メラニー・バスチアン）は、ブランシュ・モニエをモデルとする小説の主人公の名前。

ヴェルナーは黙っている。彼女は失意の仕草をする。

父　（熱く）おまえたちにはびっくりだ。恐喝！　罠！　あるわけないだろう！　こうなったのは必然なんだ。ヴェルナー、兄さんのことを少しだけ可哀想に思ってくれれば、それでいい。レニひとりではどうにもならない時もあるだろう。それ以外は、ヨハンナとおまえは風のように自由だ。そのうちわかる。全てうまくいく。あの子はもう長くはない、そんな気がする。亡骸《なきがら》は夜、おまえたちで庭に埋めればいい。本物のゲアラッハの最後のひとりがそこで消える……（ヴェルナーの身振り）……つまり最後の怪物がだ。おまえたちふたりは、健《すこ》やかでまっとうだ。おまえたちにはまっとうな子供が生まれ、子供は好きなところに住める。残ってくれ、ヨハンナ！　ヴェルナーの息子のために。子供たちは会社を継ぐ。この世の物とは思えない力だ。それを奪う権利はあなたにはない。

ヴェルナー　（思わずギクリとする。眼は厳しく、そして輝いている）え？（全員彼を見る）よくぞ言いましたね。ヴェルナーの息子のため？（驚いた父は、頷く。勝ち誇ったように）これだ、ヨハンナ、これだ、馬脚をあらわした。ヴェルナーとその息子たち。あなたはね、お父さん、そんなこと何とも思っちゃいませんよ。何とも思っちゃいない！　何とも思っちゃいない！（ヨハンナは彼に近づく。間）かりに長生きしてぼくの息子を見たとしても、あなたは息子を毛嫌いしますよ、なぜって、それはぼくの肉から生まれた肉だからです。ぼくが生まれたとき、あなたはぼくという肉を毛嫌いしました！（ヨハンナに）哀れな父親だ！　瓦礫だよ！　フランツの息子なら、さぞ可愛がったことだろうな。

ヨハンナ　（高飛車に）やめなさい！　何寝言《ねごと》いっているの。あなたが自分を哀れんだら、わたしたちは破滅よ。

ヴェルナー　その逆だ。ぼくは自由になる。きみの望みは何だ？　ぼくがこの連中をきっぱり捨てることか？

ヨハンナ　そうよ。

ヴェルナー　（笑いながら）そりゃいい。

ヨハンナ　このひとたちに「いやだ」って言いなさいよ。大声出したり笑ったりせずに。普通の声で「いやだ」って。

ヴェルナーは父とレニのほうを向く。ふたりは黙って彼を見る。

ヴェルナー　ぼくを見ている。

ヨハンナ　だったら何？（ヴェルナーは肩をすくめ、再び座りに行く。彼女は深い疲労感を覚えて）ヴェルナー！

彼はもう彼女を見ない。長い沈黙。

父　（慎ましく勝ち誇ったように）それで、ヨハンナ？

ヨハンナ　うちの人は誓いませんでした。

父　そのうち誓うだろう。弱い者は強い者に奉仕する。それが掟だ。

ヨハンナ　（傷ついて）強いのは誰なんです？　あの、上にいる、乳飲み子よりも無防備な、半分気の狂った男？　それとも、あなたに見捨てられ、困難な状況から自力で抜け出した、わたしの夫？

父　ヴェルナーは弱い。フランツは強い。誰にもどうしようもない。

ヨハンナ　強い人はこの世で何をしているんです？

父　一般的には、何もしていない。

ヨハンナ　そうですね。

父　生まれながら死に親しんで生きている人間だ。他人の運命を手の内に握っている。

ヨハンナ　フランツも？

父　そうだ。

ヨハンナ　どういうことになっているんです、十三年も経って？

父　あの子はここにいるわたしたち四人の運命だ、そんなこと、当人は思ってもいないだろうがね。

ヨハンナ だったら何を思っているんです?

レニ (皮肉かつ乱暴に、だが誠実に) 蟹のこと。

ヨハンナ (皮肉に) 一日中?

レニ 夢中になれるの。

ヨハンナ 手垢のついた話! ここにある家具と同じくらい。そんなこと信じてはいないでしょ、あなたたち。

父 (微笑みながら) わたしの余命は半年だ。何を信じるにしても、短すぎる。

ヴェルナー (間) ヴェルナーは信じているがね。

それは違いますよ、お父さん。それはお父さんの考えで、ぼくのではありません。お父さんがぼくに吹き込んだんです。でもお父さんだって途中でその考えをなくした、だったらぼくだって、そこから解放されてもいいはずじゃないですか。ぼくは普通の人間です。強くもなく、弱くもない。どこにでもいる男だ。▼ そして生きようとしている。今フランツを見てもフランツって分かるんですかね、どうなんだろう。フランツだって、どこにでもいる男ですよ、それだけは確かです。(彼はヨハンナにフランツの写真を何枚か見せる) ぼく以上の何を持っている? (彼はフランツを、魅入られたように見つめる) 顔も良くない!

レニ (皮肉に) ほんと! 全然!

▼「どこにでもいる人」(n'importe qui) でありたいという欲望はサルトルにおいて繰り返し現れる。 TC

ヴェルナー　（相変わらず魅入られて、すでに弱々しく）一体ぼくがいつこの男に仕えるために生まれたっていうんだ？　奴隷だって反抗する。兄さんはぼくの運命にはならない。

レニ　奥さんが運命であって欲しいのね？

ヨハンナ　わたしを強い人に数え入れてくれるの？

レニ　ええ。

ヨハンナ　変な考え！　どうして？

レニ　女優だったでしょ？　スターだったじゃない▼？

ヨハンナ　そうね。そして女優業をしくじった。そのあとは？

レニ　そのあと？　ヴェルナーと結婚した。それ以来、あなたは何もしていない。そして死ぬことばかり考えている。

ヨハンナ　ヴェルナーを侮辱したいの？　だったら無駄よ。この人がわたしに出会ったとき、わたしはもう舞台を捨てていた。そして頭がおかしくなっていた。そんなわたしを救ってくれたの、この人。誇りに思っていいはずよ。

レニ　誇りにはしないわね、賭けてもいい。

ヨハンナ　（ヴェルナーに）何か言いなさいよ。

沈黙。ヴェルナーは答えない。

▼サルトルは、そしてたぶん観客も、おそらく、映画『奥様は顔が二つ』（一九四一年。邦題『亭主教育』）の不評のあと（三十六歳で）自発的に隠棲したグレタ・ガルボを想起していたであろう。　TC

レニ　困っているじゃない、可哀想に。（間）ヨハンナ、あなた女優で失敗していなくてもこの人を選んだの？　お葬式のような結婚もあるわ。

ヨハンナは答えようとする。父が遮る。

父　レニ！（彼はレニの頭を撫で、彼女は怒って逃れる）どうかしているぞ。父親の死期が近いせいでおまえは気がたっている、なんて言ってはうぬぼれに聞こえるだろうがね。

レニ　（勢いよく）でもそうなのよ。お父様が亡くなったらあとがとっても大変。

父　（笑い始めながら、ヨハンナに）レニを悪くとらないでくれ。わたしたちは同じ種類の人間だと言いたいだけなんだ。あなたとフランツとわたし。（間）ヨハンナ、わたしはあなたが気に入っている。あなたならきっとわたしのことで涙を流してくれる、ときどきそんな気がしたよ。あなただけだ。

彼は彼女に微笑む。

ヨハンナ　（不意に）お父様にはまだ生きている人間の気遣《づか》いがある、そしてありがたいことにわたしのことを気に入ってくださっている、だったらどうしてわざわざわたしの前で夫を侮辱できるんです？（父は答えずに首をすくめる）それともお父様は死の側についていらっしゃるの？

父　どちらについていようと同じだ。半年。未来のある老人ではない。（彼は虚ろな眼をして自分自身のために語る）会社は成長し続ける。個人の投資だけではもはや充分ではなくなる。政府が介入してくる。きっとそうなる。フランツはずっとあそこにいる、十年、二十年。あの子は苦しむだろう……

レニ　（断固として）兄さんは苦しんではいない。

父　（聞かずに）今のわたしは命の抜け殻だ、生きながら死んでいる。（沈黙。彼は座った。崩れ落ち、じっと見つめている）あの子は髪の毛が白くなるだろう……囚人たちは悪い脂肪が……

レニ　（激しく）黙んなさいよ！

父　（聞かずに）とても耐えられない。

彼は苦しんでいる様子である。

ヴェルナー　（ゆっくりと）もしぼくたちが残れば、お父さんは今よりも不幸ではなくなるんですか？

ヨハンナ　（早口で）用心して！

ヴェルナー　用心て何に？　父親だよ、苦しんで欲しくない。

ヨハンナ　苦しんでいるのは、別の男のためなのよ。

ヴェルナー　仕方ないだろ。

彼は聖書を取りに行き、レニがさっき置いたテーブルの上に置く。

ヨハンナ　（同じ演技）お父様は芝居をしているのよ。
ヴェルナー　（意地悪く、当てこすりをこめて）きみは？　きみは芝居をしていないのか？（父に）答えてください……今よりも不幸ではなくなるんですか……
父　わからない。
ヴェルナー　（父に）やってみましょう。

間。父もレニも身じろぎしない。二人は警戒して待っている。

ヨハンナ　質問があるの。ひとつだけ。あとは好きなようにしていい。

ヴェルナーは彼女を、陰鬱にしつこく見つめる。

父　少し待て、ヴェルナー。（ヴェルナーは、同意と取れるようなぶつくさした呟きとともに聖書から離れる）どんな質問だね？
ヨハンナ　どうしてフランツは自分で自分を監禁したんです？

父　一度にたくさんの質問だね。

ヨハンナ　何があったのか話してください。

父　（軽い皮肉の調子で）そりゃあ、戦争があった。

ヨハンナ　ええ、でもみんなにありました。ほかの人は身を隠しています？

父　身を隠している者はあなたには見えない。

ヨハンナ　戦ったの？

父　とことん。

ヨハンナ　どの前線で？

父　ロシアだ。

ヨハンナ　いつ帰ってきたんです？

父　四六年の秋。

ヨハンナ　遅いんですね。どうして？

父　あの子のいた連隊は壊滅した。フランツは徒歩で帰ってきた、人目を忍んで、ポーランドと、占領下のドイツを通って。ある日、呼び鈴が鳴った。（遠い、まるで消え入るような呼び鈴の音）あの子だった。

フランツが父の後方、舞台奥の、薄暗がりのゾーンに現れる。軍服ではなく平服で、若い雰囲気。二十三、四歳。

ヨハンナ、ヴェルナー、レニには、このフラッシュバックとその後、記憶から呼び戻されたこの人物は見えない。記憶から呼び戻す者のみ――つまり最初の二つの回想シーンにおける父、三つ目の回想シーンにおけるレニと父であるが――その者たちが思い出している相手へ、話す必要があるときに振り向く。回想シーンを演じる者たちの口調と演技は、たとえ暴力的な場面であっても、現在と過去を区別する一種の後退を、「異化」（distanciation）*を行わなくてはならない。今のところは父も含め誰ひとりフランツが見えていない。

フランツは栓を抜いたシャンパンのボトルを右手に持っている。そのことは彼が飲むときになって初めて分かる。小型円卓の上、彼のすぐそばに置かれたシャンパングラスは、小さな置物類で隠されている。彼は、飲むべきときになってそのグラスを取る。

ヨハンナ　すぐに閉じこもったの？

父　すぐに家のなかに。部屋のなかには一年経ってからだ。

ヨハンナ　そのあいだの一年は毎日会っていたんですね？

父　ほとんど毎日。

ヨハンナ　フランツは何をしていたんです？

父　酒ばかり飲んでいた。

ヨハンナ　何か言っていました？

*ブレヒトの演劇概念。「距離を取ること」。

父　（遠い、機械的な声で）おはよう。おやすみ。はい。いいえ。

ヨハンナ　ほかには何も？

父　何も。そうではないときが一日だけあった。言葉の洪水だった。何ひとつ理解できなかった。（苦い笑い）わたしは書斎にいて、ラジオを聴いていた。

ラジオのぱちぱち言う音。繰り返されるテーマ音楽。これら全ての音は綿で覆われたように微かである。

スピーカーの声　ラジオをお聞きの皆様、ニュースをお伝えします。ニュルンベルク裁判で、連合軍は、ゲーリング元帥にたいし……

フランツはラジオを消しに行く。彼は場所を移動するときも薄暗がりのゾーンに留まっている。

父　（びっくりして振り向き）何をする？（フランツは死んだ目で父を見る）判決を知りたいんだ。

フランツ　（舞台の端から端へ、シニカルな暗い声で）縛り首だよ、首を吊られて死ぬんだ。

彼は飲む。

父　おまえに何が分かる？（フランツの沈黙。父はヨハンナのほうを向く）当時の新聞、読みませんでした？

ヨハンナ　いいえほとんど。わたし十二歳でした。

父　どの新聞も連合軍に握られていた。「我々はドイツ人だ、それ故、有罪だ。我々はドイツ人であるが故に有罪だ」。毎日毎日、どのページにも。なんたる強迫観念だ！（フランツに）八千万人の罪人。馬鹿ばかしい！　せいぜい三ダースだ。そいつらの首を吊って、我々には権利を回復して欲しい。そうすれば悪夢も終わる。（専横に）いいからラジオをつけてくれ。（フランツはその場を動かずに飲んでいる。そっけなく）飲み過ぎだぞ。（フランツはとても厳しく父を見、父は、当惑して黙る。沈黙、それから父は理解しようとする熱意をこめて言葉を継ぐ）民衆を絶望へ追い込んで何が手に入る？　世の中の軽蔑に値するようなことをわたしが何かしたか？　いずれにしても、わたしの意見は人に知られている。おまえはどうなんだ、フランツ、とことん戦ったおまえは？（フランツは不作法に笑う）おまえはナチか？

フランツ　そんなんじゃない！

父　だったら選べ。責任者たちを処罰させるか、それとも、やつらの過ちをドイツ人全員にかぶせるか。

フランツ　（仕草なしに、野蛮でそっけない笑いを爆発させる）うははは！（間）結局同じだ。

父　気でも狂ったか？

フランツ　国民を破壊するやり方には二つある。まとめて全員処罰するか、それとも、国民が選んだ指導者を当の国民にむりやり否認させるか。あとのほうがたちが悪い。

父　わたしは誰も否認しない。かといって、ナチを指導者に選んだわけでもない。ただ我慢しただけだ。

フランツ　あんたは下から支えたんだ。

父　何をすれば良かった？

フランツ　何もしなければ良かった。

父　わたしはゲーリングの犠牲者だ。造船所へ行ってみろ。爆撃が十二回、倉庫はみんな倒れた。ゲーリング様さまだ。

フランツ　（乱暴に）おれが、そのゲーリングだよ。やつが縛り首なら、このおれもそうだ。

父　おまえはゲーリングを嫌っていた！

フランツ　だが服従した。

父　もちろん。軍の上官だ。

フランツ　上官は誰に服従していた？（笑いながら）ヒトラー、おれたちはやつを憎んでいた、だがやつを愛する者もいた。違いはどこにある？　あんたは軍艦を提供した、おれは死体を提供した。もしおれたちがやつを憎む代わりに愛していたら、それ以上のことをしたのか、え？

父　だったら何だ？　全員が有罪なのか？

フランツ　違う！　誰ひとり罪はない。ただし、勝った側の判決を受け入れ尻尾を振っている犬どもは別だ。うるわしき征服者！　おれは知っている。一九一八年、同じ連中だった、同じ偽善的な美徳をふりかざしていた。それ以来おれたちはどうなった、あいつらはどうなった？　黙ってくれ。歴史は征服者が引き受ける。勝ったほうは、歴史をわがものにし、おれたちにはヒトラーを与えた。裁判官？　やつらは盗みも、虐殺も、強姦も、しなかったというのか？　広島の原爆、あれはゲーリングが落としたのか？　おれたちは裁判にかけられる、だがやつらの裁判は誰がする？　連中はおれたちの罪をあげつらい、自分たちの罪は正当化する。ドイツ民族の組織的な抹殺、連中はそれを密《ひそ》かに準備しているんだ。（グラスをテーブルにぶつけて割る）敵の前では全員無罪。全員。あんたも、おれも、ゲーリングも、ほかのみんなも。

父　（叫びながら）フランツ！（フランツの周りで照明が暗くなり、消える。彼はいなくなる）フランツ！（短い沈黙。彼はゆっくりとヨハンナのほうへ向き、優しく笑う）何のことかさっぱり分からなかった。あなたは？

ヨハンナ　わたしも。その後は？

父　これっきりだ。

ヨハンナ　でも選ばなくてはいけないんでしょう、全員無罪か、全員有罪か？
父　あの子は選んではいなかった。
ヨハンナ　（一瞬夢みるように、ついで）それじゃあ意味がないわ。
父　きっとあるんだよ……分からない。
レニ　（勢いよく）あまり深く考えちゃだめよ、ヨハンナ。ゲーリングとか戦闘機とか、兄さんはそんなに気に掛けてはいなかった、歩兵隊だったの。有罪とか無罪とか言っているけど、兄さんにとっては、みんなが同じ人じゃなかった。（話そうとする父に）わたし知っているの、毎日会っているから。罪なき人々は二十歳で、その人たちは兵士だった。罪のある人々は五十歳で、その人たちは父親だった。
ヨハンナ　分かるわ。
父　（鷹揚な人の良さをなくしている。フランツのことを口にするときは声に情熱がこもる）何も分かっていない。レニは嘘をついている。
レニ　お父様！　知っているでしょ、フランツはお父様を嫌っている。
父　（強く、ヨハンナに）フランツは誰よりもわたしを愛した。
レニ　戦争前はね。
父　前も、後も。
レニ　だったらどうして「愛した」って、過去形で言うの？
父　（呆然として）それは……過去の話をしていたから。

レニ　ならそのままでいい。思っているままが出たのよ。（間）兄は十八で入隊した。その訳をお父様が話す気になれば、あなたはこの家の歴史をもっとよく理解できる。

父　自分で言うといい、レニ。その楽しみをおまえから奪うつもりはない。

ヴェルナー　（落ち着こうと努力して）いいか、レニ、お父さんの名誉に反するようなことを一言でも言ってみろ、ぼくはこの部屋から出て行く。

レニ　そんなに怖いの、わたしの言うこと信じるのが？

ヴェルナー　ぼくの前でお父さんを侮辱することは許さない。

父　（ヴェルナーに）落ち着け、ヴェルナー。わたしが話す。戦争が始まって以来、我が社は国からの発注を受けていた。軍艦を作ったのはわたしたちだ。四一年の春、政府から打診があった、使っていない土地を買いたいと言うんだ。丘のむこうの荒れ地。知っているだろう。

レニ　政府って、つまりヒムラーよ*。土地を探していたの、強制収容所を建てるための。

重い沈黙。

ヨハンナ　そのことは分かっていたんですか？

父　（落ち着いて）ああ。

*ナチ親衛隊のトップ。

ヨハンナ　そのうえで承諾した？

父　（同じ口調で）ああ。（間）建設現場をフランツに見つかった。報告を受けたよ、鉄条網にそって歩き回っていたって。

ヨハンナ　それで？

父　何も。沈黙があっただけだ。その沈黙をフランツが破った。四一年六月のある日。（父は彼のほうを向き、ヴェルナーとヨハンナとの会話を続けながら、注意深く彼を見つめる）すぐに分かった、あの子はヘマをやらかしたんだ。間が悪すぎた。ゲッベルスとデーニッツ提督がハンブルクに来ていた。うちの新しい造船所を見学することになっていたんだ。

フランツ　（若く優しく愛情に満ちているが不安な声）お父さん、話したいことがあるんだけど。

父　（彼を見ながら）行ったのか、あそこへ？

フランツ　うん。（突然、嫌悪をこめて）お父さん、あれはもう人間じゃない。

父　監視人か？

フランツ　囚人。こんなことを言うと自分で自分が嫌になるけど、ぞっとするんだよ。垢と、うじ虫と、傷口。（間）あいつらはいつもびくびくしている。

父　ああいうふうにされてしまったんだ。

フランツ　ぼくはあんなふうにはならない。

父　ならない？

フランツ　ひどいことをされても耐える。
父　連中は耐えていないのか？　証拠は？
フランツ　眼だよ、あいつらの。
父　おまえだってあの境遇なら、同じような眼になる。
フランツ　ならない。（凶暴な確信とともに）ならない。

父は彼を注意深く見つめる。

父　お父さんを見ろ。（彼はフランツの顎を上げ、眼のなかに眼差しを沈み込ませる）
原因は何だ？
フランツ　原因？　何の？
父　閉じ込められる恐怖。
フランツ　怖くはない。
父　じゃあそれを望むのか？
フランツ　ぼくは……いいえ。
父　そうか。（間）あの土地を売るべきではなかった？
フランツ　でももう売った、どうしようもなかったんでしょう。
父　そうでもない。
フランツ　（あっけにとられて）できたの、断ること？

父　もちろん。（フランツは激しい動きをする）どうした？　信用をなくしてしまったか。

フランツ　（自分をおさえながら、信念を表明する）説明してくれるよね。

父　説明？　何を？　ヒムラーは囚人を詰め込む必要がある。土地の提供をうちで断ったとしても、よそから別の土地を購入したまでだ。

フランツ　よそから。

父　そうだ。もう少し西か、もう少し東の土地で、同じ囚人たちが同じ監視人のもと苦しんでいるだろう。そしてわたしのほうは政府のど真ん中に敵を作っていただろう。

フランツ　（執拗に）お父さんはこの取引に手を出すべきじゃなかった。

父　どうして？

フランツ　だってお父さんはお父さんなんだから。

父　そしておまえに、汚れた手を洗うおためごかしの喜びを与えるわけだな、ちびっこのピューリタンめ？

フランツ　ぼくはお父さんが怖い。お父さんは他人の苦しみを他人事《ひとごと》のように思って、充分に苦しんではいない。

父　苦しみをなくす手段を手に入れたら、そのときは、はばかりながら苦しんでみよう。

フランツ　そんな手段など手に入らない。

父　だったら苦しむのはやめる。時間の無駄だ。そういうおまえはどうなんだ、苦しんでいるのか、他人の苦しみを？　え、どうなんだ！（間）フランツ、おまえは隣人を愛してはいない、愛していれば、あの囚人たちを軽蔑するわけがない。

フランツ　（傷ついて）軽蔑なんてしてない。

父　軽蔑している。連中は汚いからな。怯《おび》えているからな。（彼は立ち上がり、ヨハンナのほうへ歩く）あの子は人間の尊厳▼をまだ信じていた。

ヨハンナ　間違っていたんですか？

父　それは何とも言えない。ただ言えるのは、わがゲアラッハの人間は、マルチン・ルターの犠牲者だということだ。この預言者は、我々を傲慢のとりこにした。（彼はゆっくり最初の場所に戻り、フランツをヨハンナに示す）フランツは自分自身と議論しながら丘を歩き回っていた、もしその良心が「よし」と言えば、体を八つ裂きにされても意見を変えはしない。あの年頃は、わたしもそうだった。

ヨハンナ　（皮肉に）あなたにも良心があったの？

父　あったさ。無くしたんだよ。謙遜の気持ちから。良心なんてものは君主の贅沢だ。フランツはその贅沢を自分に許すことができた。人は何もしないでいると、何もかもに責任があるという気になる。このわたしは働いていた。（フランツに）わたしに何を言って欲しい？　ヒトラーとヒムラーは犯罪

▼サルトルは、父のこの考え方を共有しているところがある。*Les Lettres Française* (17 sept. 1959) でサルトルはフランツについて、「彼は強制収容所に反抗したが、それは良くない理由からだ。というのも彼は「人間の尊厳」を信じていた。ところが、人間の尊厳というものは抽象的な概念で、簡単に忘れられる」と述べている。サルトルは「人間の尊厳」を空虚な、「ブルジョワ的」概念だと見なしていた。
Thody, p. 198-199.

者？　いいだろう。そう言おう。（笑いながら）あくまで個人的な意見だ。どうひっくり返しても使い物にはならない。

フランツ　だとしたら？　ぼくたちは無力なの？

父　そのとおりだ、無力を選んだ以上はそうなる。神の法廷で人間を裁くことにうつつをぬかしている間は、他人のためには何ひとつできやしない。（間）この三月以来、従業員八万人。事業は拡大している、拡大している！　造船所が一晩で生えてくる。わたしにはすばらしい権力がある。

フランツ　当然だよ。ナチに奉仕しているんだから。

父　逆だ、ナチがわたしに奉仕している。あの連中は、玉座に座った平民だ。だが戦争をしてくれる、そして我々にマーケットを見つけてくれる。土地の問題ごときで仲違いするわけにはいかない。

フランツ　（意固地に）首を突っ込むべきじゃなかった。

父　かわいい王子様だ！　かわいい王子様！　自分の肩に世界を担ぎたいのか？　世界は重い、おまえはそれを知らない。放っておけ。会社の仕事に専念しろ。今日はわたしのもの、そして明日はおまえのものだ。わたしの体、血、権力、力、それはおまえの未来だ。二十年後、おまえは七つの海に船を浮かべる主人《あるじ》になる、そのとき誰がヒトラーを思い出す？（間）おまえは観念的な人間だ。

フランツ　お父さんが思っているほどじゃない。

父　ふうん！（彼はフランツを注意深く見る）何かやったな？　いけないことか？

フランツ　（昂然と）いいえ。

父　いいことか？（長い沈黙）まさか！（間）おい？　おまえ、とんでもないことをしでかしたな？

フランツ　ええ。

父　かわいい王子様、心配するな、わたしがうまくやる。

フランツ　今度ばかりは無理だ。

父　いつもと同じように今度もだ。（間）それで？（間）自分では言いたくないのか？（彼は熟考する）ナチに関係するのか？　そうか。収容所か？　そうか。（閃いて）ポーランド人！（彼は立ち上がり、苛々と歩く。ヨハンナに）収容所にポーランドのユダヤ人指導者がいてね。前の日に逃亡した。収容所長からうちにも手配書がきていた。（フランツに）どこにいる？

フランツ　ぼくの部屋。

間。

父　どこで見つけた？

フランツ　庭で。隠れてさえいなかった。正気を失って逃げ出したんだ。今じゃ怖がってる。もし捕まったら……

父　分かっている。（間）誰も見ていなければ、この一件は解決だ。ハンブルク行きのトラックに乗せて逃がす。（フランツは緊張したままだ）見られたのか？　そうか。誰に？

フランツ　フリッツ。

父　（ヨハンナに、会話の調子で）うちの運転手でね。根っからのナチだ。

フランツ　フリッツなら今朝出かけたよ、車を修理に出すって。まだ戻ってきていない。（いかにも昂然と）ぼくそんなに観念的？

父　（微笑みながら）今までで一番。（声を変えて）どうして部屋に入れた？　わたしの間違いを贖《あがな》うためにか？（沈黙）答えろ。わたしのためになんだな。

フランツ　ぼくたちのためにだよ。お父さんとぼくは一心同体なんだ。

父　そのとおりだ。（間）もしフリッツが密告したら……

フランツ　（言葉を続けながら）来るよ、あいつら。絶対。

父　レニの部屋に入って錠を掛けろ。命令だ。あとは全てうまくやる。（フランツは父を不信の眼で見つめる）何だ？

フランツ　囚人……

父　全て、と言ったろう。囚人もひとつ屋根の下だ。さあ、もうお行き。

フランツは消える。父は再び座る。

ヨハンナ　来たんですか？

父　四十五分後に。

ひとりのナチ親衛隊員が舞台奥に姿を現す。その背後に、不動の、沈黙した二人の男。

親衛隊員　ハイル・ヒトラー。

父　（沈黙のなかで）ハイル。何の用だ？

親衛隊員　お宅の息子が脱走者と一緒に部屋にいるのを発見した。昨夜から自分の部屋に匿《かくま》っている。

父　自分の部屋？（ヨハンナに）困った子だ、レニの部屋に閉じこもっていれば何てことはなかった。危険を冒したんだよ。ほう、そうかね？

親衛隊員　わかるな？

父　わかっている。息子は重大な軽はずみをしでかした。

親衛隊員　（あっけにとられむっとして）軽はずみ？（間）人の話を聞くときには立ちたまえ。

電話の音。

父　（立ち上がらずに）断る。

彼は受話器を取り、誰からの電話かを聞きもせずに、それを親衛隊員に差し出す。親衛隊員はそれを奪うように取る。

親衛隊員　（電話口で）もしもし？　はっ！（踵を打ち鳴らす音）はい。はい。はい。そういたします。（彼は聞きながら、びっくりして父を見つめる）はっ。そういたします。（踵を打ち鳴らす音。受話器を戻す）

父　（厳しく、にこりともせず）軽はずみだろ、違うかね？

親衛隊員　そのとおりであります。

父　うちの息子に髪の毛一本でも触ってみろ……

親衛隊員　飛びかかって来たんです。

父　（驚いて不安げに）あの子が？（親衛隊員は頷く）殴ったのか？

親衛隊員　いいえ。決してそんな。落ち着かせました……

父　（考え込み）飛びかかった！　あの子らしくない。きみが挑発したんだろう、そうに違いない。何をした？（親衛隊員の沈黙）囚人！（彼は立ち上がる）おい。殺《や》ったのか？　息子の眼の前で？（激しい怒りをこらえ）きみは職務に熱心だったらしいな。名前は？

親衛隊員　（哀れに）ヘルマン・アルドリッヒであります。

父　ヘルマン・アルドリッヒ！　きみは死ぬまで一九四一年六月二十三日を忘れることはあるまい、約束する。行け。

親衛隊員は消える。

ヨハンナ　その人、覚えていたかしら？
父　（微笑みながら）そう思う。もっとも、その一生は長くはなかった。
ヨハンナ　フランツは？
父　即時解放だ。入隊を条件にね。冬にはロシア戦線で中尉だった。（間）どうした？
ヨハンナ　聞いていて楽しい話ではありません。
父　楽しい話とは言っていない。（間）四一年だった。*
ヨハンナ　（そっけなく）それで？
父　生き延びなくてはならなかった。
ヨハンナ　ポーランド人は生き延びなかった。
父　（無関心に）その通りだ。わたしのせいではない。
ヨハンナ　そうかしら。
父　ヨハンナ！
ヨハンナ　お父様には四十五分あった。ご自分の息子を救うために何をなさったんで

*フランツは一九五九年に三十四歳の誕生日を迎える（第四幕第八場）ので一九二五年生まれである。とすると四一年の時点では十六歳ということになる。だがサルトル自身は、フランツはラビ殺害の年の四一年に十九歳でドイツ国防軍に入った、とインタビューのなかで解説している。（Jean-

Paul Sartre, *Un théâtre de situations*, textes rassemblés, établis, présentés et annotés par Michel Contat et Michel Rybalka, Gallimard, coll. Idées, 1973, p. 317.）このようなクロノロジーの齟齬はよくあることである。

す？

父　分かっているだろう。

ヨハンナ　ゲッベルスはハンブルクにいました。あなたは電話をかけました。

父　そうだ。

ヨハンナ　そして教えたんです、囚人が脱走したって。息子さんには寛大な処置をお願いしました。

父　囚人の命ごいもした。

ヨハンナ　当然です。（間）ゲッベルスに電話をしたとき……

父　何だね？

ヨハンナ　運転手がフランツを密告したのかどうか、あなたには知るすべはなかった。

父　何を言う！　あいつは絶えずわたしたちをスパイしていた。

ヨハンナ　ええ。でも、ひょっとすると見なかったのかも知れないでしょう。車だって別の用事があったのかも知れない。

父　ひょっとするとね。

ヨハンナ　当然あなたは、何も訊ねませんでした。

父　誰に？

ヨハンナ　フリッツ、だったかしら？（父は肩をすくめる）今はどこなんです、その運転手？

父　イタリアだ。木の十字架の下だ。

ヨハンナ　（間）そうですか。それじゃあ永遠にはっきりしないわね。囚人を密告したのがフリッツでなければ、お父様しかいない。

ヴェルナー　（激しく）やめろ、もしそれ以上……

父　ぎゃあぎゃあうるさいぞおまえはいつも。（ヴェルナーは黙る）あなたの言うとおりだ。（間）受話器を持ったとき、チャンスは五分五分だと思った！

間。

ヨハンナ　ユダヤ人を殺させるかどうか、チャンスは五分五分。（間）眠れなくなったりしません？

父　（穏やかに）一度も。

ヴェルナー　（父に）お父さん、ぼくは全面的にお父さんに賛成します。命の重さは平等です。でも、選ぶしかないときには、息子が優先されると思います。

ヨハンナ　（優しく）ヴェルナー、今はあなたの考えではなくて、フランツがどう思ったかが問題なの。どうだったの、レニ？

レニ　（微笑みながら）あなただって知っているでしょ、ゲアラッハの人間。

ヨハンナ　沈黙した？

レニ　口を閉ざしたまま出て行った。手紙だって一度もよこさなかった。

間。

ヨハンナ　（父に）全てわたしがうまくやる、お父様はそうおっしゃった。そしてフランツは信じた。いつものように。

父　約束はちゃんと守った。囚人は懲罰を免除されるよう取り付けた。まさか息子の眼の前で殺すなんて、想定外だ。

ヨハンナ　でも四一年でしょ。あの頃は、全てを想定しておくのが賢明だったんです。（彼女は写真（複数）に近づき、それらを見る。間。彼女はあいかわらず肖像写真（単数）を見ている）マルチン・ルターにかぶれたちっちゃなピューリタン。ルターの犠牲者。あなたが売った土地を、この人は自分の血で購《あがな》おうとした。（彼女は父のほうへ振り向く）あなたはそれを全部無効にした。お金持ちの息子にはたったひとつのゲームしか残されていませんでした。もちろん、死の危険と隣り合わせの。でも相手は……この人は理解したんです、自分に全てが許されているのは、自分には何の価値もないからだって。

父　（閃いて、彼女を指さしながら）あの子にはこの女性《ひと》が必要だった。

ヴェルナーとレニはにわかに彼に顔を向ける。

ヴェルナー　（激怒して）何ですって？
レニ　お父様、悪趣味よ！
父　（二人に）この人はすぐに分かってくれた。（ヨハンナに）そうでしょう？　妥協すれば良かったんだ。懲役二年。罰を受けさせてやればそれで済んだ。バカだった！

間。彼は夢想する。ヨハンナはあいかわらず肖像写真（複数）を見ている。ヴェルナーは立ち上がり、彼女の肩を摑み、自分のほうへ振り向かせる。

ヨハンナ　（冷たく）なあに？
ヴェルナー　フランツにほろりとしちゃだめだ。一度失敗したくらいでしょげかえるような男じゃなかった。
ヨハンナ　で？
ヴェルナー　（肖像写真を指さしながら）見ろよ！　勲章が十二個。
ヨハンナ　つまり失敗が十二個。フランツは死を追いかけていたのに、死のほうが逃げ足が速かった。運がなかったのね。（父に）話が途中でした。つまり、息子さんは戦って、四六年に復員し、その一年後、スキャンダルが起こった。どんなスキャンダルだったんです？

父　レニの悪ふざけだ。
レニ　（慎ましく）甘いのね、お父様。わたしは機会を提供した。それだけよ。
父　うちにはアメリカ軍の将校が泊まっていてね。男たちはレニを見て熱くなっていた。その火が燃えあがるのを見澄まして、この子は耳元で囁くんだ、「わたしはナチよ」って。相手を汚いユダヤ人扱いしながらね。
レニ　火を消すためによ。愉快だった、そう思わない？
ヨハンナ　そう思う。ちゃんと消えたの？
父　消えるときもあった。そうじゃないときは爆発していた。ひとり、トンチンカンな男がいてね、ものごとを悪くとった。
レニ　（ヨハンナに）アメリカ人って、ユダヤ人でなきゃ、反ユダヤ主義者なのよ。▼ひとりで両方っていう場合は別だけど。で、その男はユダヤ人じゃなかった。それで怒っちゃったの。
ヨハンナ　それで？
レニ　わたしに乱暴しようとしたのよ。フランツが助けに来てくれて、取っ組み合いが始まった。ふたりは床を転がっている。わたしはボトルを摑んで、そいつが上になったとき、一発お見舞いした、ってわけ。
ヨハンナ　死んだの？
父　（とても落ち着いて）ところがなんと！　頭蓋骨でボトルのほうが割れた。（間）六週間の入院だ。もちろん、フランツが全部かぶった。

▼ユダヤ人と反ユダヤ主義についてのレニの意見は、パリ上演では毎回笑いと拍手を取っていた。同じ俳優が、ナチ親衛隊員と米軍人の二役を兼ねていたのでなおのことだった。
Thody, p. 203.

ヨハンナ　ボトルの一撃も？

父　全部だ。（二人のアメリカ軍将校が舞台奥に現れる。父は彼らのほうへ振り向く）軽はずみなんです、こう言っては何なんですが、重大な軽はずみです。（間）ホプキンス将軍には、わたしからよろしくとくれぐれもお礼を申し上げてください。息子はビザが下り次第、すぐにドイツを離れるとお伝えくださ い。

ヨハンナ　アルゼンチンへ？

父　（彼女のほうへ振り向き、その間にアメリカ軍将校は消える）それが条件だった。

ヨハンナ　そう。

父　（すっかり緊張がほぐれて）アメリカ人は本当にいい人たちだった。四一年のゲッベルスと同じように。

ヨハンナ　もっとだ！　もっとずっと！　アメリカ政府は会社の再建を後押ししてくれた。商船団の建造をわたしたちにまかせてくれたんだ。

父　可哀想なフランツ！

ヨハンナ　わたしに何ができた？　莫大な利益が掛かっていたんだ。大尉の頭蓋骨よりも重要な利益。たとえわたしが介入しなくても、このスキャンダルは占領軍のほうでもみ消していたね。

ヨハンナ　あり得る。（間）フランツは出発を拒んだのね？

父　すぐにではない。（間）ビザが下りた。出発は土曜だった。金曜の朝、レニが

ヨハンナ　来て、あの子はもうこれっきり降りてこないだろうと言うんだ。（間）最初わたしは、死んだのかと思った。それから娘の眼を見た。娘の勝ちだった。勝ちって、何の？

父　それはまだ一度も言ってくれない。

レニ　（微笑みながら）知っているでしょ、ここでは、負けるが勝ちなの。

ヨハンナ　その後は？

父　十三年間暮らしてきた。

ヨハンナ　（肖像写真へ向いて）十三年。

ヴェルナー　お見事！　とっくり拝見させてもらいましたよ。まんまとたらしこみましたね、可哀想な女だ。最初はほとんど耳を貸してさえいなかった。最後には飽きもせず質問ぜめだ。これでポートレートは完成です。（笑いながら）「あの子にはこの女性《ひと》が必要だった！」ブラボー、お父さん！　天才です。

ヨハンナ　やめなさい！　負けてしまうわよ。

ヴェルナー　もう負けたんだ。ぼくたちに何が残っている？（彼は彼女の肘の上を摑み、引き寄せ、彼女を見る）何を見ている？　石像のような眼をして。何もない。（急に彼女を押しやり）卑しいおべっかにのせられて、結局はめられた！　がっかりだよ、きみには。

間。全員、彼を見る。

ヨハンナ　潮時だわ。
ヴェルナー　何の？
ヨハンナ　死刑執行の。
ヴェルナー　死刑って、誰の？
ヨハンナ　あなたの。（間）わたしたち負けたのよ。わたしにフランツのことをしゃべっているあいだ、この人たちの言葉は水切り遊びの石のようにあなたを狙っていた。
ヴェルナー　じゃあぼくが籠絡《ろうらく》されたんだ？
ヨハンナ　誰もされていない。ふたりはあなたに思い込ませようとしたのよ、わたしが籠絡されているって。
ヴェルナー　どうして？　教えてくれ。
ヨハンナ　あなたに思い知らせるためによ、何ひとつあなたのものではないって。自分の妻さえも。（父はそっと両手をこする。間。急に）わたしをここから連れ出して！（短い沈黙）お願い！（ヴェルナーは笑う。彼女は厳しく、冷淡になる）お願い、今日限りここを出るの。今日限り、分かる？
ヴェルナー　分かるよ。ほかに聞きたいことは？
ヨハンナ　ないわ。
ヴェルナー　じゃあぼくはぼくでしたいようにするよ？（疲れ果て、ヨハンナは頷く）そうこなくちゃな。（聖書に手を置いて）父の生前最後の意志に従うことを誓います。

父 ここに残るのか？

ヴェルナー （聖書に手をのせたまま）お父さんの要求ですから。この家はぼくの家です、ここで暮らし、ここで死にます。

彼は頭を垂れる。

父 （立ち上がり、ヴェルナーのほうへ行く、愛情のこもる敬意をみせて）良かった。

父はヴェルナーに微笑む。ヴェルナーは一瞬顔をしかめるが、とうとう、へりくだった感謝の念をもって父に微笑む。

ヨハンナ （全員を見ながら）こういうこと、家族会議って。（間）ヴェルナー、わたしは出て行きます。一緒に来るか、来ないか、選んで。

ヴェルナー （彼女を見ずに）ぼくは残る。

ヨハンナ そう。（短い沈黙）わたしがいなくなってもあまり寂しがらないでね。

レニ 寂しくなるわ、わたしたち。とくにお父様。いつお発《た》ちになるの？

ヨハンナ （微笑みを浮かべ）まだ分からない。負けたことがはっきりしたら。

レニ　まだはっきりしていないの？

ヨハンナ　（微笑んで）まだしていないわ。

間。

レニ　（理解したように思って）いま警察に踏み込まれたら、わたしたち三人逮捕されちゃう、監禁の罪で。その上わたしは殺人罪▼。

ヨハンナ　（心を動かされることなく）警察にたれこむような顔に見える？（父に）下がってもよろしいでしょうか？

父　おやすみ。

彼女はお辞儀して出て行く。ヴェルナーは笑い始める。

ヴェルナー　（笑いながら）まったくもうあいつ……（急にやめる。父に近づき、おずおずとその腕に触れ、不安げに優しく父を見つめる）これでいいんですよね？

父　（憤慨して）触るな！（間）会議は終わった、女房のところへ行け。

ヴェルナーは、一種の絶望をもって彼を見る。それから、半回転して出て行く。

▼前の話によれば、殺人ではなく、殺人未遂である。　TC

第三場

父、レニ

レニ　やっぱりちょっときつく当たりすぎたと思わない？

父　ヴェルナーに？　必要とあらば優しくする。だが厳しいほうが割に合う、そういうことだ。

レニ　追い詰めてはいけないわ。

父　そうかね！

レニ　ヨハンナにはいろいろと目論見《もくろみ》があるのよ。

父　芝居じみた脅《おど》しだ。恨みがつのって女優が目覚め、そして女優は大見得を切った。

レニ　それならいいけど……（間）じゃあお父様、夜にまた。（彼女は父が去るのを待つ。彼は動かない）これでお開きにするわよ。フランツの時間だから。（しつこく）夜にまた。

父　（微笑みながら）行くよ、行くよ！（間。おずおずとした感じで）お父さんのあれ、あの子は知っているのか？

レニ　（驚いて）誰？　ああ！　フランツ！　まさか。

父　ああ！（辛そうな皮肉とともに）気づかってやっているんだ？

レニ　兄さんの？　お父様は列車に跳び込んだ、ってことにしてもいいわけだし……（無関心に）実はね、お父さんのあれ、兄さんに言うの忘れていたのよ。

父　ハンカチを結んで。

レニ　（ハンカチを取り出し結び目を作る）はい。

父　忘れずに伝えてくれよ？

レニ　そうする。折を見てね。

父　そのときはついでに聞いて欲しいんだよ、会ってくれないかって。

レニ　（うんざりして）また！（厳しく、だが怒りはなく）会わないわよ。どうして毎日同じこと言わせるの？　知ってるでしょ、十三年前から？

父　（激しく）わかるもんか。え、わかるもんか。おまえは平気で嘘をつく。わたしの手紙や願いごとはあの子に届いているのか、それすら怪しい。わたしは十年前から死んだことになっている、そう思うことも時々ある。

レニ　（肩をすくめ）何を見つけようとしているの？

父　真実だ。でなければ、おまえの嘘のからくりだ。

レニ　（二階を指さして）あそこにあるわよ、真実。上《のぼ》ってみれば。そしたら見つかるわよ。行きなさいよ！　さあ、行きなさいよ！

父　（怒りは止み、怯えているように見える）おまえはどうかしている！

レニ　自分で聞けばいいじゃない。そうすればはっきりする。

父　（同じ演技）そんなことを言っても、知らないんだよ、わたしは……

レニ　合図！（笑いながら）あのさあ！　知ってるでしょそれ。覗いているところ何度も見た。足音も聞こえてた。影も見えていた。黙っていたけど、わたし、噴き出しそうだった。（父は抗議しようとする）違うの？　だったら、いいわよ、喜んで教えてあげる。

父　（消え入るような声で、心ならずも）いや。

レニ　ノックするのよ、最初に四回、それから五回、そして三回を二度。▼何をためらっているの？

父　誰に会うことになるんだろう？（間。こもった声で）もし追い出されたら、わたしには耐えられない。

レニ　兄さんがその腕に飛びこむのをわたしが邪魔しているって、お父様、自分に言い聞かせたいのよ。

父　（辛そうに）謝るよ、レニ。つい身勝手になってしまう。（彼は彼女の頭を撫でる。彼女はこわばる）柔らかな髪だ。（彼は、思いにふけっているかのように、いっそうぼんやりと頭を撫でる）あの子はおまえの言うことは聞くのか？

レニ　（誇らしげに）もちろん。

父　やってもらえないものかな、少しずつ、うまく運びながら……どうしても言って欲しいことがあるんだ。初めての訪問は最後の訪問になる、それをね。長居はしない。一時間だけだ。もしそれであの子が疲れるようなら、

▼ノックの回数は変化する。第一幕第四場冒頭では、四、五、三×二、第二幕第五場の終わりでは、五、四、三×二、第四幕第七場冒頭では、五、四、三×二。サルトルの勘違いであろう。

TC

もっと短くてもいい。何よりもこう言って欲しいんだよ、急いではいないって。（微笑みながら）つまり、それほどには。
レニ　会うのは一度っきり。
父　一度きり。
レニ　一度きり会ってこの世を去る。何のために会うの？
父　会うために。（彼女は不躾《ぶしつけ》に笑う）別れの挨拶をするんだよ。
レニ　こっそりいなくなっても同じでしょ？
父　大違いだ。わたしにとってはな。あの子に会ったら、決算して、勘定を済ませる。
レニ　そんな苦労する必要ある？　お勘定なんて勝手に済むわよ。
父　そんなことがあるかね？（短い沈黙）わたしが自分で始末をつけなくてはならないんだ、でないと何もかもばらばらになる。（ほとんど臆病な微笑みを浮かべ）いずれにしても、わたしはこの人生ってやつを生きた。それを無駄にしたくはない。（間。ほとんどおずおずと）どうだね、あの子に話してくれないか？
レニ　（荒々しく）話すわけないでしょ？　十三年間も見張ってきて、あと半年ってときに、その警戒を解くの？
父　見張っている相手はわたしか？
レニ　兄さんの破滅を望む者みんなよ。

父　フランツの破滅をわたしが望んでいる？
レニ　そうよ。
父　（激しく）馬鹿じゃないのか？（彼は落ち着く。説得しようという熱烈な思いになり、ほとんど懇願するように）聞いてくれ、あの子にとっては何がいいことなのか、おまえとお父さんとでは意見が食い違うこともある。だとしても、あの子に会うのは一度きりだ。ひどいことをするような時間がどこにある、たとえそれを望もうとしてもだ？（彼女は不躾に笑う）約束するよ……
レニ　いらないわよ約束なんて。お断り！
父　じゃあ、話し合おう。
レニ　ゲアラッハの人間は話し合いなどしない。
父　おまえはわたしを意のままに操っているつもりか？
レニ　（同じ口調、同じ微笑みで）少しはそうしているんじゃない？
父　（皮肉な蔑みで口をとがらせ）とんでもない！
レニ　お父様とわたし、相手を必要としているのはどっち？
父　（優しく）おまえとわたし、相手を怖がらせているのはどっちだ？
レニ　わたしは怖くないわよ。（笑いながら）それ、こけおどしよ！（彼女は挑むように彼を見る）わたしがどうしてびくともしないか知ってる？　わたし、幸せなの。
父　おまえが？　幸せがどんなものか知っているのか？

レニ　お父様は？　幸せがどんなものか知ってる？

父　おまえのことはよく分かる。フランツはおまえにその目を与えた、洗練を極めた拷問だ。

レニ　（ほとんど惑乱して）その通りよ！　洗練を極めた、洗練の極致！　わたしはくるくる回っている！　止まったら壊れてしまう。これよ、幸福って。狂おしい幸福。（勝ち誇ったように、意地悪く）フランツに会えるのよ、わたしはね！　欲しいものを全て持っている。（父は穏やかに笑う。彼女はぴたりと止まり、彼をまじまじと見る）違う。こけおどしなんかする人じゃない。切り札を持っているんでしょ。見せて。

父　（人が良さそうに）今すぐ？

レニ　（硬化して）今すぐ。手の内に隠し持っていて、こっちが油断したすきにそれを出すなんて無しよ。

父　（あいかわらず人が良さそうに）もし見せる気がなかったら？

レニ　むりやりそうさせる。

父　どうやって？

レニ　こうやって。（彼女は努力して聖書を持ち上げ、テーブルの上に置く）フランツはお父様には会わない、そう誓う。（手を広げて）聖書にかけて、あなたは兄さんと会わずに死にます。（間）どう。（間）見せてよ、切札。

父　（なごやかに）おや！　ばか笑いしなかったな。（彼は彼女の髪を撫でる）おまえの髪を撫でていると、地球が思い浮かぶ。表面は絹でおおわれ、中は煮えたぎっている。（彼はそっと両手をこする。危害を加えない優しい微笑みを浮かべ）もう行くよ。

父は退場する。

第四場

レニひとり、次にヨハンナ、次に父

レニは、父が出て行った左手奥のドアに眼を凝らしている。それから我に返る。彼女は右手のガラスドアへ進み、それを開け、次いで大きな鎧戸を閉め、再びガラスドアを閉める。部屋は薄明に浸される。

彼女は二階へ通じる階段をゆっくりと上り、フランツの部屋のドアをノックする。四回、ついで五回、そして三回を二度。

三回のノックを二度しているとき、右手のドア——奥の——が開かれていて、ヨハンナが音もなく姿を見せる。彼女はこっそり窺っている。

錠の回る音、鉄の棒の上がる音が聞こえ、上でドアが開き、フランツの部屋を照らしている明かりがあふれでる。だがフランツは姿を見せない。

レニは中に入りドアを閉める。錠を掛け、鉄の棒を下ろす音が聞こえる。

ヨハンナが舞台に入ってくる。彼女は小型円卓に近づき、人差し指で二度、三回のノックをし、それを記憶する。彼女は、明らかに、五回と四回のノックを聞かなかった。彼女はもう一度繰り返す。

このとき、シャンデリアの全ての電球が点り、彼女は叫びを押し殺しながら飛び上がる。左手に現れるのは父で、彼が電気を付けたのだ。
ヨハンナは手と上腕で眼を覆う。

父　誰だ？（彼女は手を下ろす）ヨハンナ！（彼女のほうへ進み）これは失礼。（彼は舞台中央にいる）警察では尋問するとき容疑者にライトを浴びせる。わたしはあなたの眼に光を投げこんでいる。これをどう思う？

ヨハンナ　消すべきだと思います。

父　（動かずに）それから？

ヨハンナ　それから、お父様は警察ではない、でもわたしを尋問しようとしている、そう思います。（父は微笑み、いかにもつらそうな風を装って両手を下ろす。勢いよく）あの部屋に入るなんてお父様これまでなかったのに、何なさってたんです、見張っていたの、わたしを？

父　あなただってそうじゃないか。（ヨハンナは答えない）尋問はしない。（彼はふたつのランプ——薔薇色のモスリンのランプシェードの——を点し、シャンデリアを消しに行く）薔薇色の光、真実が半分明るんでいる。このほうが落ち着くだろう？

ヨハンナ　いいえ。下がらせてください。

父　そうしてあげるよ、わたしの答えを聞いたら。

ヨハンナ　何もお訊ねしていませんけど。

父　訊ねただろう、ここでわたしが何をしているのか。聞いてくれ。といっても、自慢するような話ではないがね。（短い沈黙）何年も前から、レニに見つかる心配のないときにはほとんど毎日、わたしはこの椅子に座って待っている。

ヨハンナ　（心ならずも興味を引かれて）え？

父　待っているんだ、フランツが部屋のなかを歩き回って、その足音がわたしにも聞こえないかな、と。（間）あの子のことでわたしに残されているのはそれだけだ。床を打つふたつの靴底の音。（間）夜になるとわたしは起き上がる。みんな眠っている。だがフランツは目覚めている、わたしは知っているんだ。あの子とわたしは同じ不眠に苦しんでいる。一緒になるのにそういうやり方もある。であなたは、ヨハンナ？　誰を見張っている？

ヨハンナ　誰も。

父　じゃあ偶然だ。こんな偶然はまたとない。ちょうどいい。二人だけで話をしたいと思っていた。（ヨハンナの苛立ち。勢いよく）いやいや、秘密の話じゃない、全然違う。レニには内緒だがね。全部ヴェルナーにしゃべってい い。そうして欲しいんだよ。

ヨハンナ　それなら直接お呼びになれば。それが一番簡単でしょ。

父　二分、時間をくれ。二分したら自分で呼びに行く。二分後、まだあなたにその気があればだが。

最後の言葉に驚き、ヨハンナは立ち止まり、彼を正面から見る。

ヨハンナ　分かりました。どうしたいんです？

父　義理の娘と、ゲアラッハの若夫婦について話をしたい。

ヨハンナ　ゲアラッハの若夫婦は粉々に壊れています。

父　どういうことだ？

ヨハンナ　目新しいことは何も。それを壊したのはお父様です。

父　（申し訳なさそうに）そうか！　ついうっかりやってしまったんだ。（懇願して）でもあなたなら修復できると思っていた。（彼女は舞台奥左へ素早く行く）どうした？

ヨハンナ　（全ての明かりをつけて）尋問開始です。投光器の明かりをつけます。（シャンデリアの下へ戻る）どこに来ればいいの？　ここ？　そう。では、くもりなき真実と完璧な虚偽との冷たい光のもとに宣言します。わたしは自白しません、理由は簡単です、自白することが何もないからです。わたしはひとりぼっちで、力もなく、自分の無力をはっきりと意識しています。わたしは出て行きます。ヴェルナーをハンブルクで待ちます。彼が戻らなければ……（失意の仕草）

父　（重々しく）可哀想に、ヨハンナ。辛い目にあわせて。（声を変え、不意に気の置けない陽気な調子になり）まあともかく、美人でいたまえ。

ヨハンナ　何ですって？

父　（微笑みながら）うん。美しくあってくれ。

ヨハンナ　（ほとんど侮辱されたように、激しく）美しく！

父　お安いご用だろう。

ヨハンナ　（同じ演技）美しく！　お別れの日にそうしてあげましょうか。すてきな思い出になるように。

父　いや、ヨハンナ。フランツのところへ行く日だ。（ヨハンナは強い印象を受けている）二分経った。旦那を呼ぶかね？（彼女は首を振って否定する）そうか。これはわたしたちふたりの秘密だ。

ヨハンナ　全部ヴェルナーに言います。

父　いつ？

ヨハンナ　近いうちに。いいわ、会ってみます、あなたのフランツに、家庭の暴君に、会ってみます。神様とじかに会うほうがいい、とりまきの聖人たちと話をするよりも。

父　（間）チャンスを試してくれて嬉しいよ。

彼は両手をこすり始め、両手をポケットに入れる。

ヨハンナ　なんだか怪しい。
父　何が？
ヨハンナ　だってわたしたち、利害が対立しているでしょう。わたしの願いは、フランツが普通の生活に戻ること。
父　わたしもそれを願っている。
ヨハンナ　お父様が？　あの人がのこのこ出てきたら、憲兵につかまって、一家の名誉は台無し。
父　（微笑みながら）わたしの力がどんなものか分かっていない。息子はおりてくればそれでいい。あとは全てわたしがうまくやる。
ヨハンナ　そうしたらあの人、もう一度部屋へ駆けあがって、今度こそ永久に閉じこもってしまいます。そうさせたいんでしたら一番の方法ですけど。

沈黙。父は頭を垂れ、絨毯を見つめる。

父　（こもった声で）あの子があなたにドアをあける確率は十分の一、話を聞くのは百分の一、答えるのは千分の一。もしあなたに千分の一のチャンスがあれば……
ヨハンナ　あれば何なんです？
父　伝えてくれないか？　わたしはもうすぐ死ぬと。

ヨハンナ　じゃあレニは……？
父　まだ言っていない。

彼は頭を上げる。ヨハンナは彼をじっと見る。

ヨハンナ　そういうこと？（彼女はあいかわらず彼を見つめている）嘘はついていない。（間）チャンスは千分の一。（彼女はぶるっと震え、すぐに気を取り直す）お父様と会ってくれるかどうかも聞くんですか？
父　（怯えて、勢いよく）いやだめだ！　伝言だけでいい。年寄りがもうすぐ死ぬ。コメントは抜きだ。約束だよ！
ヨハンナ　（微笑みながら）誓います、聖書にかけて。
父　ありがとう。（彼女は相変わらず彼を見つめている。彼は、自分の行動を説明するためであるかのように、しかし、自分自身に向かってだけ言っているようにも見えることもった声で、不明瞭に）あの子を助けたいんだ。今日じゃなくていい。レニがおりるのは遅くなってからだ、息子も疲れているだろう。
ヨハンナ　明日？
父　うん。午後、早い時間に。
ヨハンナ　お父様はどこに？　もしわたしが……
父　わたしはいない。（間）ライプツィヒへ出かけてくる。▼（間）もし失敗した

▼ライプツィヒは旧東ドイツ

ら……（身振り）数日したら戻る。そのときには勝負はついているだろう。

ヨハンナ　（不安に怯えて）わたしをひとりにするんですか？（気を取り直す）いけない？（間）それじゃ、いいご旅行を。わたしのことはおかまいなく。

父　待ってくれ！（申し訳なさそうに微笑み、だが重々しく）気に障ったら悪いんだが、もう一度言う、美しくなければならない。

ヨハンナ　またそれ！

父　フランツは十三年間、人に会っていないんだ。誰にも。

ヨハンナ　（肩をすくめて）レニ以外は。

父　レニ、あれは人じゃない。あの子の眼にレニが見えているのかどうかも疑問だ。（間）フランツがドアを開ける、すると何が起こる？　もし怖がったら？　孤独のなかに永遠に閉じこもってしまったら？

ヨハンナ　わたしが化粧を塗りたくっても、何も変わらないんじゃありませんか？

父　（優しく）あの子は〈美しいもの〉を愛していた。

ヨハンナ　美しいもの？　それが何になるんです？　造船業の息子でしょ？

父　明日になれば分かる。

ヨハンナ　いいえ。（間）わたしは美しくはありません。違います？

父　あなたが美しくないのなら、誰が美しい？

ヨハンナ　誰も。偽装した醜い女がいるだけです。わたしは、偽装はやめました。

父　相手がヴェルナーでも？

の都市。G・マルセルは、サルトルはドイツの東西分断を無視している、と非難している。TC

ヨハンナ　相手がヴェルナーでも。夫ならどうぞ、差し上げます。(間) お分かりになるかしら、言っていることの意味？　みんなでわたしを仕立て上げたんです……一個の美しい女に。ひとつの映画につき一個。(間) おあいにくさま、それはマネキン。触るとおかしくなるのよ、この頭！

父　悪かった、すまない。

ヨハンナ　いいんです。あなたには分からなかった。それとも分かっていたのかな。どうでもいいけど。(間) わたしは綺麗だったと思います……みんなで寄ってたかって、わたしのことを美しいと言って、わたしはそれを信じました。他人《ひと》に言ってもらわなければ、自分がこの世で何をしているのか、わたしに分かったでしょうか？　自分の人生はきちんと正当化しなくてはいけません。厄介なのは、誰もが間違っていたということ。(急に) 船は？　船だったら正当化してくれます？

父　いや。

ヨハンナ　でしょうね。(間) フランツはありのままのわたしを受け入れてくれるでしょう。この服と、この顔。どこにでもいる女、それで充分なんです、どんな男にも。

沈黙。二人の頭上でフランツが歩き始める。ときに緩慢で不揃いな、ときに速く拍子をとった、ときに一所《ひとところ》で足踏みをする、不規則な歩みだ。

彼女は父を不安そうに見つめる。まるで「これ、フランツ?」と訊ねるかのように。

父　(その眼差しに応えながら)　これがそうだ。

ヨハンナ　そしてお父様は夜になるとずっと……

父　(蒼白になり引きつって)　そうだ。

ヨハンナ　このゲーム、わたしは降ります。

父　あれは狂っている、そう思うんだね?

ヨハンナ　完全に狂っています。

父　あれは狂気ではない。

ヨハンナ　(肩をすくめながら)　じゃあ何なんです?

父　不幸だ。

ヨハンナ　狂っている以上に不幸な人って、誰がいます?

父　あの子だ。

ヨハンナ　(荒々しく)　フランツのところへは行きません。

父　行ってくれ。明日、午後早い時間に。(間)　そのほかにチャンスはない、あなたにも、あの子にも、わたしにも。

ヨハンナ　(階段のほうを向いて、ゆっくりと)　この階段を上る、あのドアをノックする

……(間。足音は止む)　いいわ、わたしは自分を美しくする。自分を守るた

めに。
父は両手をこすりながら彼女に微笑む。

第一幕　終

第二幕

フランツの部屋。左手、壁の窪みにドア。（ドアは踊り場に面している。）差し錠。鉄の棒。奥、ベッドの両側にそれぞれドア。ひとつは浴室に通じ、もうひとつはトイレに通じている。巨大なベッド、だが、シーツもマットレスもない。マットレス台の上に毛布が畳まれている。右手の壁にくっついてテーブルがひとつ。椅子は一脚のみ。左手にかけて、壊れた家具や、だめになった小物類のごちゃごちゃした堆積。この残骸の山は、室内装飾・調度の名残である。奥の壁（右手、ベッドの上方）に、ヒトラーの大きな肖像。これも右手に、棚。棚の上に、テープのリール（録音機の）。壁に貼り紙——印刷体で手書きされたテクスト：「Don't disturb」、「怖がることを禁ず」。テーブルに、牡蠣、シャンパンのボトル、グラス、定規、等々。内壁面と天井にカビ。

第一場

フランツ、レニ

フランツはすり切れた軍服を着ている。

破れ目からところどころ肌が見える。

彼はテーブルについて座っており、レニに背を向けている。観客には斜め横から見えている。

テーブルの上には牡蠣とシャンパンのボトル。

テーブルの下には録音機▼が隠して置いてある。

レニは、服の上から白いエプロンをかけ、観客に顔を向け、掃いている。彼女は静かに仕事している、とくに差し迫ったようでも急いでいるようでもない。手際のいい家政婦のようだ。顔にはいっさいの表情がなく、ほとんどまどろんでいるようであり、その間、フランツが喋っている。だがときおり、彼女は彼に短い一瞥を投げる。彼を窺いながら喋り終わるのを待っているのだ、と観客には感じられる。

フランツ　仮面をつけた天井の住人よ、よく聞け！　仮面をつけた天井の住人よ、よ

▼録音機（magnétophone）の語に含まれる《magnéto》（マニェト（英語・マグネト））：高電圧の交流電気を発電する）は、アルジェリアでフランス軍が拷問に使用した。Magnéto は人を喋らせ（口を割らせ）、magnétophone は人間の名において喋る。　Thody, p. 203

く聞け！　きみたちは欺されている。偽証する者二十億人！　一秒間に二十億の偽証！　人間の嘆きを聞け。「我々はみずからの行動に裏切られていた。言葉に、みじめな人生に！」十本脚よ、▼わたしは証言する、人間は、口で言うことを考えているのではなかった、望んでいることをしているのではなかった。▼我々の弁論はこうだ。無罪。とりわけ自白に基づく有罪宣告はしてはならない、たとえ自白に署名がしてあってもだ。当時人々は言っていた。「被告人は自白した。故《ゆえ》に潔白だ」▼。親愛なる傍聴人の諸君、わが二十世紀は残り物のセールだった。人類の在庫一掃処分は高い所で決定された。手始めはドイツだ、完膚なきまでにやられた。（彼はシャンパンを注ぐ）ひとりだけ、真実を語っている。打ち砕かれたタイタン、▼自分の眼で見た、世紀の、規則的な、世俗の、代々《よよ》に至るまでの（in secula seculorum）、証人。わたしだ。人間は死んだ。わたしは人類の証人だ。三十世紀にまで至る諸世紀よ、わが二十世紀の味をきみたちに語ろう、そうすればきみたちは被告人に無罪を宣言するだろう。わたしにとって事実などはどうでもいい。それは偽りの証人たちに任せておく。誘因と根本理由は彼らに任せておく。この味があった。我々の口のなか一杯にこの味があった。（彼は飲む）それを消すために我々は酒を飲んだ。（夢みるように）奇妙な味だった、え、何？（彼は一種の恐怖を感じながら急に起き上がる）すぐ戻る。

レニ　（彼の話はもう終わったと思って）フランツ、話があるの。

▼バルコニーにいて取り巻いている蟹は、それ自体曖昧な存在を曖昧なままに審判するよう要請されている観客と〈歴史〉のイメージである。蟹はまた、他者の眼差しに屈服し、皮膚を甲羅のかたちで固定した人間のメタファーでもある。 TC

＊蟹はサルトルがメスカリンを服用したとき妄想のなかで出現した動物のひとつである。（ボーヴォワール著『女ざかり』やサルトル著『言葉』にもその逸話は書かれている。）サルトル自身はインタビューのなかで、「我々は我々にとって極めて曖昧なままに留まっている「未来の」人々によって裁かれるということを知らないでいることはできない」と述べ、そ

フランツ　（叫びながら）静かにしろ、蟹の前だぞ。

レニ　（普通の声で）聞いて。大事な話。

フランツ　（蟹に）諸君は甲羅を選んだ？　でかした！　さらば、裸よ！　しかしなぜ目をとっておいた？　我らの一番醜い部分だ。え？　なぜだ？（彼は待っている振りをする。カチッという音。彼はびくっとする。ぶっきらぼうで、速くて、ごつごつした別の声で）何だ今のは？（彼はレニのほうへ向き、不信と厳しさをこめて彼女を見つめる）

レニ　（落ち着いて）リールよ。（彼女は身をかがめ、録音機を取り、それをテーブルの上に置く）終わったわ……（彼女はボタンを押し、リールは巻き戻される。フランツの声が逆回しに聞こえる）じゃ、聞いてくれるわね。（フランツは椅子に体を預け、拳（単数）を胸の上で握りしめる。彼女は言葉を中断する。彼のほうへふり向くとき、彼が痙攣し、苦しそうなのを見たのだ。心を動かすことなく）どうしたの？

フランツ　どうならいいんだ？

レニ　心臓？

フランツ　（苦しそうに）バクバクしてる！

レニ　どうするの、ゆすりの大将？　新しいリール？

フランツ　（すぐに落ち着いて）それだけはご免《めん》だ！（彼は立ち上がり、笑い始める）おれ死んでるよ。疲れた、レニ、疲れて死んだ。そいつははずしてくれ！（彼女はリールを取り外しに行く）ちょっと待った！　聞いてみよう。

の曖昧な裁き人を象徴的に「蟹」と呼ぶのだ、と説明している。（*Un théâtre de situations, op. cit.*, p. 324.）

▼「ローマ人宛のパウロの書簡」（7: 14-15）「肉の存在、罪の権力へ売られた者」として「わたしは望むことをしているのではなく、憎むことをしている」。　TC

＊新共同訳「わたしは肉の人であり、罪に売り渡されています。わたしは自分のしていることがわかりません。自分が望むことは実行せず、かえって憎んでいることをするからです。〔略〕そして、そういうことを行っているのは、もはやわたしではなく、わたしの中に住んでいる罪なのです」（7: 14-18）

▼拷問によって得られた自白

レニ　最初から？

フランツ　どこからでもいい。（レニは装置を作動させる。フランツの声が聞こえる。「ひとりだけ、真実を語っている……」等々。フランツはしばらく聞いているうちに、顔がこわばる。録音された声にかぶせてしゃべる）こんなことを言おうとしたんじゃない。しゃべっているのは誰だ？　真実の言葉がひとつもない。（彼はなおも耳を澄ませる）この声には我慢ならない。この声は死んでいる。止《と》めろ！　早く止めろ、頭が変になる！　……（レニは、とくに急ぐでもなく、録音機を止め、リールを再び巻き戻す。フランツは彼女を見ている。彼女はリールに番号を書き、ほかのリールのかたわらに並べに行く。フランツは彼女を見ている。彼は落胆した様子だ）ふん。全部やり直しだ！

レニ　いつものように。

フランツ　違う。おれは前進している。ある日言葉が自分のほうからおれのところへやって来る。そしておれは望んでいることを言う。その後、休息だ！（間）ちゃんと在《あ》るのか、どう思う？

レニ　何が？

フランツ　休息？

レニ　ないわ。

フランツ　だよな。

短い沈黙。

や、ソ連の裁判のことが思い浮かぶ。 TC

▼タイタンはゼウスによってタンタロスに落とされ繋がれている。アトラスは、タイタン族の反乱に参加したので肩で空を支える罰を受けた。フランツはこの役割を自らに引き受ける。 TC

レニ　ねえ、聞いてくれる?
フランツ　え!
レニ　怖いの!
フランツ　(飛び上がって) 怖い? (彼は彼女を不安そうに見る) そう言ったのか、怖いって?
レニ　ええ。
フランツ　(乱暴に) だったら出ていけ!

彼はテーブルの上の定規を取り、定規の先で「怖がることを禁ず」と書いた貼り紙を叩く。

レニ　分かった。もう怖くない。(間) お願いだから聞いて。
フランツ　聞いてるよ。それしかしてない。うるさいな。(間) それで?
レニ　はっきりとは分からないけど、あやしい動きがあるの……
フランツ　あやしい動き? どこで? ワシントン? モスクワ?
レニ　兄さんの足もと。
フランツ　一階で? (急にはっきりして) おやじが死ぬ。
レニ　なんでそうなるの? あっちのほうが先にわたしたちの葬式を出すわよ。

フランツ　良かった。

レニ　良かった？

フランツ　良かった、残念だ、どうでもいい。それで？　何が問題なんだ？

レニ　危険が迫ってる。

フランツ　（確信して）そうだ。おれの死んだ後！　諸世紀はおれの痕跡を失い、おれはきれいさっぱり消え失せる。▼するとと誰が〈人間〉を救う、レニ？

レニ　救いたい人がよ。フランツ、昨日から危険が迫ってる。兄さんの命が危ないの。

フランツ　（無関心に）じゃあ護《まも》ってくれ。それがおまえの仕事だろ。

レニ　いいわよ、でも手伝って。

フランツ　暇がない。（むっとして）おれは〈歴史〉を書いているんだ、つまらない話で邪魔するな。

レニ　兄さんが殺されても、つまらない話？

フランツ　そうだ。

レニ　殺されるのが早すぎても？

フランツ　（眉をひそめて）早すぎても？（間）誰がおれを殺したい？

レニ　占領軍。

フランツ　なるほど。（間）おれの声を潰し、文書をでっちあげ、三十世紀をたぶらかす。（間）誰かスパイがいるのか？

▼« la crique me croque »（クリーク［鬼］がおれを食べる）。スラング。「おれは完全に消えるだろう」　Thody, p. 203.

レニ　そう思う。
フランツ　誰？
レニ　まだ分からないけど、ヴェルナーの奥さんじゃないかな。
フランツ　せむしの？
レニ　そうよ。そこらじゅう嗅ぎ回ってる。
フランツ　殺虫剤でも飲ませりゃいいじゃないか。
レニ　でも、用心してるから。
フランツ　厄介だな。（不安そうに）おれには十年必要だ。
レニ　十分《じゅっぷん》でいいの、話を聞いて。
フランツ　うんざりだ。

彼は奥の壁の所へ行き、棚に並んだリールに指で触れる。

レニ　もし盗まれたら？
フランツ　（彼は急に半回転して）何を？
レニ　リール。
フランツ　どうかしてるぞ、おまえ。
レニ　（そっけなく）もしあいつらが来たらどうするの？　わたしのいないときに――それか、わたしを始末したあと？

フランツ　来たら？　開けてやらない。（愉快そうに）あいつら、おまえまで始末するつもりなのか？

レニ　向こうはそのつもり。兄さんどうするの、わたしがいなくなったら？（フランツは答えない）飢死するわよ。

フランツ　腹が減る暇もない。おれは死ぬだろう、それだけだ。おれはしゃべる。死を引き受けるのは肉体だ。おれは死んだことにも気付かずにしゃべり続けるだろう。（沈黙）悪いことばかりじゃない、おまえが先に死んだらおれの目を閉じなくてすむ。やつらはドアを破って入ってくる、そこで何を見つける？　殺されたドイツの屍。（笑いながら）未練たっぷり、悪臭を放っているだろうな。

レニ　ドアなんて破らない。ノックすると、兄さんは生きていて、開けてあげる。

フランツ　（あっけにとられて愉快そうに）おれが？

レニ　そうよ。（間）向こうは合図を知っているの。

フランツ　知ってるわけないだろう。

レニ　わたしをスパイしているのよ、そのくらい突き止めてる。兄さんだってそう思うでしょ。それに、お父様も知ってる、絶対。

フランツ　ああ！（沈黙）おやじさんも共謀《ぐる》なのか？

レニ　さあどうかな。（間）兄さんはドアを開ける。

フランツ　そのあとは？

レニ　リールは押収される。

フランツはテーブルの引き出しを開け、制式ピストルを取り出し、微笑みながらそれをレニに見せる。

フランツ　これでどうだ？

レニ　力ずくで奪ったりはしないのよ。リールを渡すように説得するの。（フランツは大笑いする）フランツ、お願い、合図を変えましょう。（フランツは笑うのを止《や》める。彼は彼女を陰険な、そして追い詰められた様子で見つめる）いい？

フランツ　変えない。（彼は拒否の理由を次々にこしらえる）全ては互いにつながっている。〈歴史〉は神聖な言葉だ。句読点をひとつでも変えれば、もう何も残らない。

レニ　そりゃ大変だわ。〈歴史〉には触れないでおきましょう。兄さんは彼らにリールをプレゼントする。そしてもちろん、録音機も。

フランツはリールのところへ行き、追い詰められた様子でそれを見つめる。

フランツ　（始めは躊躇し板挟みになったように）リール……リール……（間。彼は考える。

それから、左腕を急に動かしてそれらを一掃し、床に落とす）こうしてやる！（彼は一種の興奮状態で話す、まるでレニに重大な秘密を打ち明けるかのように。実際は、言うことをその場でこしらえながら喋っている）用心のために使っていたんだ。もしかすると三十世紀はガラス板《ばん》を発見しないかも知れないからな。

レニ　ガラス板？　それ初めて聞くわね。

フランツ　レニ君、言っていないことがいろいろあるんだよ。（彼は一幕で父親がそうしたように、愉快そうに両手をこする）黒いガラスだ。とても薄い。ふっと息を吐くと、どんなに小さな息もそこに刻み込まれる。すごく感度のいいガラスだ。〈歴史〉全体がそこに刻まれる、この世のはじまりから、指の、この音まで。

彼は指をぽきぽき鳴らす。

レニ　どこにあるの？

フランツ　ガラス板？　そこらじゅう。ここにも。光の裏側。それを振動させる装置が発明される。すると何もかも蘇る。え、何？（急に幻覚にとらわれ）我々の行動は全て蘇る。（彼は凶暴なそして霊感に打たれた口調を取り戻し）映画だ、いいか。〈蟹〉が輪になって、燃えさかるローマを、踊るネロを見ている。（ヒトラーの写真に向かい）あんたもやつらに見られるんだ、とっつあん。あんたも踊ったからな、そうだろう？ 踊ったんだよ、あんたも。（リールを蹴飛ばす）燃えろ！ 燃えろ！ こんなものが何になる？ 失せろ。（急に）四年十二月六日、夜八時半、おまえは何をしていた？（レニは肩をすくめる）忘れたのか？ やつらは知っているぞ。おまえの人生は紐解かれた、レニ。おれは恐ろしい真実を発見する。おれたちは監視された家で暮らしている。

レニ　おれたち？

フランツ　（観客と対面して）おまえ、おれ、この死んだ者たち。人間。（彼は笑う）しゃんとしろ。人が見てるぞ。（陰鬱に、自分自身に向かって）誰もひとりではない。（レニのそっけない笑い）さっさと笑っとけ、あわれなレニ。三十世紀が盗っ人のようにやってくる。▼ レバー▼が回転し、〈夜〉が振動する。おまえはやつらの真ん中で飛び跳ねる。

レニ　生きたまま？

フランツ　千年前から死んでいる。

レニ　（無関心に）へえ！

フランツ　死んで蘇っている。ガラス板が全てを返してくれる。おれたちの考えたことまで。え、何？（間。不安げに、だがそれは真面目なのか演じているのか分からない）すでにもう、そこにいるのだとしたら？

レニ　どこに？

フランツ　三十世紀に。おまえどう思う、この喜劇は本当に今初めて演《や》っているの

▼「主の日は盗人のようにやってきます」（ペトロの手紙二 3: 10）　TC

▼過去の全フィルムを映す映写機のレバー。　Thody, p. 204.

か？　おれたちは生きているのか、もしかしたら再生されているんじゃないのか？（彼は笑う）しゃんとしろ。十本脚が見ていたら、おれたちのことを醜いと思う、絶対そうだ。

レニ　どうしてそんなことが分かるの？

フランツ　〈蟹〉が好きなのは〈蟹〉だけだ。当然だ。

レニ　もし人間だったら？

フランツ　三十世紀に？　人間が残っていたとしても、博物館に保存されてだ……やつらはおれたちの神経組織を受け継ぎはしない、そう思うだろ？

レニ　それで〈蟹〉が生まれるの？

フランツ　（とてもそっけなく）そうだ。（間）やつらの体はおれたちとは違う、だから別の思想を持っている。どんな？　どんな？……おれの仕事がどんなに重要か、どれほどとてつもなく難しいか分かるか？　おれは居並ぶ裁判官の前でおまえたちを擁護する、裁判官にはまだお目に掛かっていないけれどな。盲人の仕事。おまえが何か当てずっぽうに言葉を漏らす。その言葉は世紀から世紀へ跳ね落ちる。あの高所で、それは何を意味している？　おまえ知ってたか、おれはやつらに「黒」と分からせようとして、「白」と言ってしまう。（彼は突然、椅子の上に崩れ落ちる）神様！

レニ　こんどは何？

フランツ　（打ちひしがれて）ガラス板！

レニ　どうしたの？

フランツ　全部実況中継されている。今後は絶えず言動に注意しなきゃな。おれはあれを見つける必要があった！（激しく）説明！　正当化！　もう一刻の猶予もない！　男たち、女たち、拷問する者は引き出され、犠牲者は情け容赦ない。わたしはきみたちの殉教者だ。

レニ　向こうにはすべて見えているんでしょう、だったらどうして兄さんの注釈が必要なの？

フランツ　（笑いながら）は！　やつら、〈蟹〉なんだぞ、レニ。あいつらには何も分からないんだ。（彼はハンカチで額をぬぐい、ハンカチを見、それを苦々しくテーブルに捨てる）しょっぱい水か。

レニ　何を期待していたの？

フランツ　（肩をすくめながら）血の汗だ。▼　それを手に入れたことがある。（彼は、生き生きと、そして偽りの陽気さで、再び起き上がる）レニ、命令だ！　おまえを使って実況中継する。声を試そう。大きな声ではっきり発音しろ。（とても大声で）裁判官の前で証言しろ、民主主義十字軍は、我々が家の壁を再建しようとしてもそれを許そうとしない。（レニは黙り、苛立っている）さあ、言うとおりにしろ、そうしたらおまえの言うことも聞く。

レニ　（天井に向かって）証言します、何もかも崩れ落ちます。

フランツ　もっと強く！

▼（イエスのオリーブ山での祈りのとき）「イエスは苦しみもだえ、いよいよ切に祈られた。汗が血の滴るように地面に落ちた」（ルカ22：44）　TC

レニ　何もかも崩れ落ちます。

フランツ　ミュンヘンには、何が残っている？

レニ　レンガが一組。

フランツ　ハンブルクは？

レニ　No man's land。

フランツ　最後のドイツ人はどこにいる？

レニ　地下倉庫に。

フランツ　（天井に向かって）これだ！　諸君、想像できるか？　十三年後！　道は雑草に覆い尽くされ、機械は昼顔の下に埋まっている。（聞くふりをしながら）罰？　ヘマをやらかしたのか？　ヨーロッパに競争相手はいない、これが原理原則だ。会社には何が残っている？

レニ　造船所がふたつ。

フランツ　ふたつ！　戦争前は百あった！（彼は両手をこする。レニに、自然な声で）今日はもういい。声が弱い。ぐっと押し出せば行けるけどな。（間）しゃべっていいぞ。どうした？（間）こっちのやる気を挫《くじ》こうというのか？

レニ　そうよ。

フランツ　やり方が下手《へた》だよ。おれの意志は鋼《はがね》でできている。

レニ　可哀想なフランツ！　向こうは兄さんを好き勝手にするわ。

フランツ　向こうって？

レニ　占領軍の使者。

フランツ　は！　は！

レニ　ドアをノックする、兄さんは開ける、すると向こうは何て言うか知ってる？

フランツ　知るか！

レニ　こう言うの。きみは自分を弁護側の証人だと思っている、だがきみは被告なのだ。（短い沈黙）何て答えるの？

フランツ　出て行け！　買収されたな。おれのやる気を殺《そ》ごうとしているのはおまえだ。

レニ　何て答えるつもり、フランツ？　何て答えるの？　十二年間、兄さんは未来の法廷の前にひれ伏している、しかも相手に全ての権利を認めている。向こうは兄さんを有罪にする権利だってあるかも知れないのよ？

フランツ　（叫びながら）おれは弁護側の証人だ！

レニ　誰が兄さんを選んだの？

フランツ　〈歴史〉だ。

レニ　こんなことってなかった？　男がいて、自分は歴史によって指名されたと思っている――でも歴史が呼んでいたのは隣の男だった。

フランツ　起こらないんだよおれにはそういうこと。おまえたちは全員無罪になる。おまえもだ。そうやっておれは復讐する。〈歴史〉にネズミの穴をくぐらせてやる！（彼は止めて、不安げに）シッ！　やつら聞き耳を立てている。おまえに焚きつけられて、ついかっとなってしまった。（天井に向かって）親愛なる聴衆の諸君、すまない。言葉が考えを裏切ってしまった。

レニ　（激しく、そして皮肉に）いいぞ鋼の意志！（軽蔑的に）あやまってばかりじゃない。

フランツ　おまえだってそうする、おれの立場になれば。今夜は、やつら、歯ぎしりだな。

レニ　〈蟹〉も歯ぎしりするの？

フランツ　あいつらはな。ああ、ぞっとする。（天井に向かって）親愛なる聴衆の諸君、訂正箇所がある。メモしてくれ……

レニ　（感情を爆発させて）もういい！　もういい！　どこかへやって、あいつら！

フランツ　どうした？

レニ　断んなさいよ、こんな法廷。それだけが兄さんの弱点なんだから。あいつらに言って。「おまえたちはおれの裁判官ではない！」って。そうしたら怖い者はいなくなる。この世にも、あの世にも。

フランツ　（激しく）出て行け！

彼は貝殻を二個取り、擦り合わせる。

レニ　掃除が終わってない。

フランツ　わかった。おれは三十世紀へ登る。(彼は、彼女に絶えず背を向けながら、立ち上がり、それから、「Don't disturb」と書かれた札を裏返す。そこには、「明日正午まで不在」と書かれている。彼は再び座り、貝殻をまた擦り合わせ始める) おれを見てるだろう。首が焼ける。見るのは禁止だ! いるなら仕事しろ! (レニは動かない) 目を伏せろ!

レニ　話をしてくれるなら、伏せてもいい。

フランツ　おまえのせいで頭が変になる! 変になる! 変になる!

レニ　(陽気さのない小さな笑い) そうなりたいんでしょ。▼

フランツ　おれを見たいのか? じゃあ見ろ! (彼は起き上がる。[軍隊式の] 膝を曲げない歩行) おいち、に! おいち、に!

レニ　やめて!

フランツ　おいち、に! おいち、に!

レニ　お願い、やめて!

フランツ　どうした、兵隊が怖いか?

レニ　兄さんを軽蔑しそうで怖いのよ。

彼女はエプロンをはずし、ベッドの上に投げ、出て行こうとする。フランツはぴたりと立ち止まる。

▼レニはフランツをよく理解している。もし狂人になれば、有罪とも無罪とも感じなくてすむだろう。だがサルトルが短編『部屋』(*La Chambre*, 1939) で書いているように、正気の人間は実際の狂気に故意に入ることはできない。

Thody, p. 205.

フランツ　レニ！（彼女はドアのところにいる。すこし途方にくれた優しさで）ひとりにしないでくれ。

レニ　（彼女は振り向き、情熱的に）いて欲しいの？

フランツ　（同じ口調）おまえが必要なんだ。

レニ　（彼女は動転した顔をして彼のほうへ行く）フランツ！

彼女は彼の近くにいる。彼女はためらう手をもたげ、彼の顔を撫でる。

フランツ　（ひとときされるがままになり、次いで、後ろへ飛び退く）離れろ！　適切な距離をとれ。感動なんかご免だからな。

レニ　（微笑みながら）ピューリタン！

フランツ　ピューリタン？（間）そう思うのか？（彼は彼女に近づき、彼女の肩と首を愛撫する。彼女は、困惑しながら、されるがままである）ピューリタンなら愛撫はできない。（彼は彼女の胸を愛撫し、彼女は震えて、目を閉じる）おれにはできる。（彼女は彼にもたれかかる。彼は急に身を離す）出て行け！　おまえにはうんざりだ！

レニ　（彼女は一歩後ろへ下がる。凍りついたような落ち着きをもって）そうじゃない時もある！

フランツ　いつもだ！　いつもだ！　最初の日からそうだった！

レニ　素直になんなさいよ！　何ぐずぐずしてるの、さっさと赦《ゆる》しを請えばいいじゃない、あいつらに。

フランツ　赦し？　何の？　おれは何もしていない。

レニ　じゃ昨日は？

フランツ　何も。何もしてない！

レニ　何も。近親相姦以外は。

フランツ　大げさなんだよ、いつも！

レニ　あなたわたしの兄さんじゃないの？

フランツ　兄だ。兄だよ。

レニ　わたしと寝なかった？

フランツ　ちょっとだけ。

レニ　ちょっとだけって、一回だけだった？……言葉、そんなに怖いの？

フランツ　（肩をすくめて）言葉！（間）言葉を見つけろだと、この腐れきった屍の試練と苦しみの一切合財《いっさいがっさい》に！（彼は笑う）おまえのことが好きで寝た、そう言いたいのか？　まったく！　おまえはそこいる、おれはおまえを抱く。ヒトがヒトと寝る――毎晩何十億人もがやっていることだ。（天井へ向かって）宣言する、ゲアラッハの長男フランツは妹のレニに一度も欲情したことはない。

レニ　卑怯者！（天井に向かって）仮面をつけた天井の住人よ、二十世紀の証人は嘘つきです。兄と寝た妹、わたし、レニは、フランツを愛しています、好きなんです、わたしの兄だから。あなたたちには家族感情というものがほとんどもう無くなっているかもしれない。それでもわたしたちに有罪の宣告をくだすでしょう。でも、わたしは平気。（フランツに）ばかね、こういう風に言うのよ、あいつらには。〈蟹〉へ）この男は愛情なしにわたしを欲望している。恥ずかしくて死にそうになりながら、真っ暗ななかでわたしと寝る……そのあとは？　わたしの勝ち。わたしは兄さんが欲しくて、手に入れた。

レニ　（〈蟹〉へ）狂ってるんだ。（彼は〈蟹〉たちへ目配せする）あとで説明する。我々だけになったら。

フランツ　それ、禁止だから！　わたしはそのうち死ぬ、もう死んでる。でもわたしの弁護を兄さんがするのは禁止。わたしの裁判官はわたしだけ。そしてわたしは借りを返す。さあ、弁護側証人、被告人である自分の前で証言しなさいよ。もし勇気を出して証言すれば、傷はつかない。さあ言いなさい、「わたしは望んだことを行い、行ったことを望む」。

レニ　（彼の顔は急にこわばり、冷たく、憎しみのこもった、脅すような様子になる。厳しい、不信の声で）おれが何をした？

フランツ　（叫びながら）フランツ！　自分を弁護しなかったら復讐されるわよ。

おい、おれが何をした？

レニ　（不安げに、引き下がりながら）何って……もう言ったでしょ……

フランツ　近親相姦？　違う、おまえが言ったのはそのことじゃない。（間）おれは何をした？

長い沈黙。彼らは互いを見つめる。レニが最初に顔をそむける。

レニ　もういい。わたしの負け。忘れて。わたしひとりでちゃんと護《まも》ってあげる。慣れてるから。

フランツ　出て行け！（間）言うこと聞かないと口きいてやらないぞ。おれは二ヶ月間それで通せる。知っているだろ。

レニ　知ってる。（間）わたしには無理。（彼女はドアのところへ行き、棒をはずし、錠を回す）あとで夕食持ってくる。

フランツ　無駄だね。おれは開けない。

レニ　それは兄さんの勝手。わたしも勝手に持ってくる。（彼は答えない。出て行きながら、〈蟹〉に）開けてくれないんだって、じゃね、あんたたち、おやすみなさい！

彼女はドアを閉めて出て行く。

第二場

フランツ、ひとり

彼は振り向き、ひととき待ち、鉄の棒をおろしに行き、錠を掛ける。これをしているあいだ、彼の顔は引きつったままである。安全な場所にいると感じたとたん、彼は緊張を解く。彼は安心したような様子で、ほとんど人の良さそうな様子になる。だがまさにこのときから、彼は最も気が狂っているように見える。

彼の言葉は、第二場の間中、〈蟹〉へ向けられている。これはモノローグではなく、見えない人物たちとの対話である。

フランツ　証人は疑わしい。尋問はわたしのいるところで、わたしの指示に従って行う。（間。彼は安心し、疲れ、ひどく柔和な様子である）え？　疲れる女？　そうです。疲れる女ですよ。何て熱い炎だ！（彼はあくびをする）あれの仕事は、わたしを目覚めさせておくこと。▼（彼はあくびをする）二十年前から今世紀は真夜中だ。真夜中に目を開けているのは簡単じゃない。いや、たんにうとうとするだけ。ひとりでいると眠くなる。（眠気が襲ってくる）帰さなき

▼フランツが眠らないようにしているのは、ひとつには夢を見るのが怖いから（そこでは真実を見てしまう）、他方では、目覚めていれば実際には虚偽の目覚めであ

や良かった。（彼は体をぐらりとさせ、急にまた立て直し、軍隊式歩行でテーブルまで行く。彼は貝殻▼を手に取り、ヒトラーの肖像へいくつも投げつける、叫びながら）ジーク！* ハイル！ ジーク！ ハイル！ ジーク！（気をつけの姿勢、踵を鳴らし）総統閣下、自分は兵士であります。眠ったら大変です、大事《おおごと》であります。職務放棄になります。自分は起きていることを閣下にお誓いします。おい、おまえら、照明灯を向けろ！ 照らせ。口のなか、目のなか、それで目が覚める。（彼は待つ）下衆《げす》ども！（彼は自分の椅子へ行く。ややわとした妥協的な声で）ハァ、ちょっと座ろう……（彼は座り、頭をゆらし、まばたきする）バラの花……これはご親切に……（急に立ち上がったはずみで椅子を倒してしまう）バラの花？ 花束を受け取ればカーニバルが始まる。（〈蟹〉に向かって）はしたないカーニバル！ 助けてくれ、諸君、わたしは知っている、みんなでわたしを穴に押し込めようとしている。大いなる〈誘惑〉だ！（彼はナイトテーブルのところへ行き、チューブから錠剤を取り出し、それを噛み砕く）ぷは！ 親愛なる聴衆の諸君、わたしの新しいテーマ音楽を聴いてくれ。De Profundis Clamavi［深き淵の底より］、略してD.P.C. さあ、聴いてくれ！ 歯ぎしりしてくれ！ 歯ぎしりだ！ 聴いてくれなきゃ眠っちゃうぞ。（彼はシャンパンをグラスに注ぎ、飲み、液体の半分を軍服にこぼし、脇腹にそって片腕をだらりと垂らす。グラスは指先にひっかかっている）この間に二十世紀は逃げていく……あいつら、おれの頭に綿をつめやがった。霧。真っ白だ。（彼

り得るから。個人的な罪を忘れるために二十世紀全体の罪をかぶろうとするのと同時に、起こったことを誠実に意識しないですむように身体的につねに目覚めていようとする。

Thody, p. 205.

▼『分別ざかり』（*L'Age de raison*、1945 in『自由への道』）で、マチューは、「ぼくは行く先々にぼくの貝殻を携えていく。ぼくは自分の部屋で「自分の城に」（*chez moi*）いる。〔略〕どうすればいい？ 貝殻を割る？ 言うのは簡単だ」。ニザンは『アデン・アラビア』（1932）の最後に、義務、忠誠、慈愛、祖国といった言葉は「空っぽだ。それは取締役会において、互いにぶつかりあう貝殻だ」と書いている。

TC

＊Sieg（ドイツ語）。「勝利」。

はまばたきする）あれだ、野原すれすれに尾を引いていく……あれがやつらを護っている。やつらは這《は》っている。今夜は血をみるだろう。

遠くで銃声、ざわめき、駆歩。彼は眠りへ入って行き、目は閉じている。ヘルマン軍曹▼がトイレのドアを開け、フランツのほうへ進み寄る。フランツは観客へ向き直っていて、目を閉じたままだ。敬礼。気をつけ。

▼この人物は、この後（第二幕第四場、第四幕第五場、第六場）ハインリヒと呼ばれるようである。 *TC*

第三場

フランツ、ヘルマン軍曹

フランツ　（歯切れの悪い声で、目を開けずに）パルチザンか？
軍曹　二十人ばかり。
フランツ　死者は？
軍曹　おりません。負傷者が二名です。
フランツ　わが方《ほう》にか？
軍曹　敵方《てきがた》に。納屋に入れておきました。
フランツ　わたしの命令は分かっているな。行け！

軍曹はフランツを、ためらいがちな、ひどく怒ったような様子で見る。

軍曹　はい、中尉殿。

敬礼。回れ右。彼はトイレのドアから出て行き、ドアを閉める。沈黙。フランツの頭は胸へ落ちる。彼は恐ろしい咆吼《ほうこう》を発し、目を覚ます。

第四場

フランツ、ひとり

彼は飛び起き、錯乱した様子で観客を見る。

フランツ　違う！　ハインリヒ！　ハインリヒ！　違うと言っただろう！（彼は苦しそうに立ち上がり、テーブルの定規を取り、左手の指をそれで叩く。何かを覚え込ませるかのように）もちろん、それでいい！（定規で叩く）全てわたしが責任を取る。あの女は何と言っていた？（彼はレニの言葉を引き受けながら）わたしは望むがままに行い、行うがままに望む。（追い詰められたように）三〇五九年五月二十日の審問。フランツ・フォン・ゲアラッハ、中尉。わが二十世紀をゴミ箱に捨てるな。せめてその前にわたしの言うことを聞いてくれ。裁判官諸君、〈悪〉だ、〈悪〉が唯一の素材だった。我々は精錬工場でそれを精錬していた。そこから〈善〉が製品となって出てきた。結果はどうだ。〈善〉はうまく行かなかった。だからといって〈悪〉がうまく行っていたと思われては困る。（彼は、過度に人の良さそうな様子で微笑む。頭が傾く）え？（叫んで）眠い？　おいおい！　耄碌《もうろく》してきたか。頭から攻めようってわけだな。用心しろ、裁判官の諸君。わたしが呆《ぼ》けてしまえば、わが二十世紀も沈没する。諸世紀の群れのなかで、皮膚病にかかった羊が一匹欠けてしまう。そしたら四十世紀は何と言う？ 節足動物よ、もし二十世紀が群れからはぐれてしまったら？（間）助けは来ないのか？ 助けはまったく来ないのか？ 諸君の御心《みこころ》が成就しますように。（彼は舞台前方へ行き、それから座りに行く）ああ！ 帰さなければよかった。（ドアがノックされる。彼は耳を澄まし、背筋を伸ばす。決められた合図である。歓びの叫び）レニ！（彼はドアへ駆け寄り、棒を揚げ、錠をはずす。断固とした仕草。彼は完全に目を覚ましている。ドアを開けながら）さあ入れ！（彼は彼女を通すために一歩後ろへ下がる）

第五場

フランツ、ヨハンナ

ヨハンナがドアのところに姿を現す。とても美しく、化粧して、ロングドレスを着ている。フランツは一歩後ろへ下がる。

フランツ　（嗄れた大声で）は！（彼はあとずさりする）どういうことだ？（彼女は答えようとし、彼はそれを止める）言うな！（彼はあとずさりし、座る。彼は椅子に馬乗りになったまま、彼女を長い間見つめる。彼は魅惑された様子であり、同意の仕草をして、含み声で言う）いいだろう。（短い沈黙）この女は中に入る……（彼女は、彼が言うたびに、彼の言うとおりにする）……にもかかわらず、わたしはひとりだ。（〈蟹〉に向かって）ありがとう、同士！きみたちの助けが大いに必要だった。（ある種、恍惚として）この女は何も言わない、これはひとつの不在でしかない、そしておれはそれを見る！

ヨハンナ　（彼女もまた魅惑されたように見えた。彼女は自分を取り戻した。彼女は、自分の恐怖を抑えるために、微笑みながら話す）お話があるの。

フランツ　（ゆっくりと後退しながら、しかし眼を離さずに、彼女から遠ざかった）だめだ！（彼はテーブルを叩く）分かっていたんだ、この女はすべてを台無しにする。（間）今、誰かがいる。おれのところに！ 消えろ！（彼女は動かない）追い払わせてやる、乞食女のように。

ヨハンナ　誰に頼んで？

フランツ　（叫んで）レニ！（間）狭く鋭い頭で、おれの弱点を見抜いたな。おれはひとりだ。（彼は急に向きを変える。間）誰だあんたは？

ヨハンナ　ヴェルナーの妻よ。

フランツ　ヴェルナーの妻？（彼は起き上がり、彼女を見る）ヴェルナーの妻？（彼はびっくりして彼女を見つめる）誰に言われて来た？

ヨハンナ　誰にも。

フランツ　合図はどうやって知った？

ヨハンナ　レニから。▼

フランツ　（そっけない笑い）レニから！ だろうな！

ヨハンナ　あの人がノックするところ……偶然見て、数えた。

フランツ　あんたはそこらじゅうを嗅ぎ回っているそうじゃないか。（間）いいか、奥さん、あんたはおれを危うく殺すところだった。（彼女は笑う）笑え！ 笑え！ ショックで倒れていたかも知れない。そしたらどうなった？ おれは面会を禁じられている――心臓が悪いんだ。へたすれば確実に止まっていた。あんたが美人だから持ちこたえた。ちょっと待った！ もう大丈夫だ。

▼第一幕第四場のト書きが示すように、ヨハンナはレニの合図を正確には聞いていない。第三幕第四場で明らかになるように、彼女は合図を父から聞いた。
Thody, p. 206.

あんたのことを、何て言うか……たぶん幻だと思ったんだ。このありがたい間違いを利用して消えてくれ、罪を犯す前に！

ヨハンナ　いいえ。

フランツ　（叫びながら）おれは……（彼は威嚇《いかく》するように彼女のほうへ行き、立ち止まる。彼は再び椅子の上にくずおれる。彼は自分の脈をとる）百四十、あるいはそれ以上。出て行け、見てのとおりだ、死んでしまう！

ヨハンナ　それが一番いいわ。

フランツ　え？（彼は胸から手を離し、驚いてヨハンナを見つめる）あいつの言うとおりだ。あんたは買収されている！（彼は起き上がり、気楽に歩く）そう簡単に行くものか。落ち着け！　落ち着け！（彼は急に彼女の言ったことへ話を戻す）一番いい？　誰にとって？　この世の偽りの証人全員のためにか？

ヨハンナ　ヴェルナーとわたしのために。

彼女は彼を見つめる。

フランツ　おれは邪魔なのか？

ヨハンナ　わたしたちを暴君のように支配しています。

フランツ　あんたたちのことは知りもしない。

ヨハンナ　ヴェルナーを知っているでしょ。

フランツ　忘れた、顔も覚えていない。

ヨハンナ　わたしたちは無理矢理ここに留め置かれています。あなたのせいで。

フランツ　誰に？

ヨハンナ　お父様とレニ。

フランツ　（面白がって）あんたたちを叩くのか、鎖につなぐのか？

ヨハンナ　いいえ。

フランツ　じゃどうやって？

ヨハンナ　ゆすりで。

フランツ　なるほど。あいつららしいや。（そっけない笑い。彼は自分の驚きへ戻る）おれのせい？　どういうことだ？

ヨハンナ　予備にとっておくんです、わたしたちを。もしものときには、わたしたちが引き継ぐようにって。

フランツ　（陽気になって）あんたの旦那がスープを作り、あんたはこの部屋を掃除する？　あんた裁縫はするのか？

ヨハンナ　（ぼろぼろの軍服を指さしながら）針仕事のほうは手抜きをしても平気みたいね。

フランツ　そんなことはない！　穴には継ぎが当たっている。もし妹が魔法の指をしていなければ……（急に真面目に）引き継ぎは無い。ヴェルナーはどっか遠くへ連れて行け、あんたの顔も二度と見たくない！（彼は椅子のほうへ行く。

（座るとき振り向く）まだいたのか？

ヨハンナ　ええ。

フランツ　分かっていないようだな。あんたに自由を返してやるんだぞ。

ヨハンナ　何も返してくれてない。

フランツ　言ってるだろ、あんたは自由だ。

ヨハンナ　言葉だけよ！　空しいわ！

フランツ　欲しいのは行動か？

ヨハンナ　ええ。

フランツ　そうか？　何をする？

ヨハンナ　一番いいのは、あなた自身を滅ぼすこと。

フランツ　またそれか！（小さな笑い）あてにするなよ。ほんとに。

ヨハンナ　（間）じゃあ、わたしたちを助けて。

フランツ　（息をのんで）え？

ヨハンナ　（熱をこめて）わたしたちを助けなくてはいけないのよ、フランツ！

間。

フランツ　それはだめだ。（間）おれは今世紀の人間ではない。救うなら一度に全員を救う、だが個別には誰も救わない。（彼は苛々しながら歩く）あんたの話におれを巻き込むのは禁止だ。おれは病人なんだ、分かるか？　あいつらはそれを利用して、おれに他人《ひと》頼りの忌まわしい人生を送らせている。恥ずかしくないのか、若くて潑剌《はつらつ》としているあんたが、虐げられている障害者に助けを求めるなんて。（間）おれは壊れやすいんだ。そっとしておくことが何より大切だ。医学的にそうなんだ。眼の前であんたが絞め殺されても、おれは指一本動かさない。（慇懃に）お嫌でしょうね？

ヨハンナ　とても。

フランツ　（両手をこすりながら）結構、結構！

ヨハンナ　でもそんなことでここを立ち去ったりはしません。

フランツ　いいでしょう。（彼はピストルを取り、彼女を狙う）三つ数える。（彼女は微笑む）一！（間）二！（間）ぷふゅっ！　だあれもいません。消えました！（〈蟹〉に向かって）静かだ！　あの女は黙った。いいかみんな、大切なのはこれだ。「美人でいろ、そして黙っていろ」。一個のイメージ。きみたちのガラス板に記されるのか？　記されない！　何が記されるものか？　何も変わっていない。何も起こらなかった。この部屋で鎌が虚しく振り回された。それだけだ。空虚。どんなガラスにも傷をつけないダイヤモンド。不在。〈美〉。あわれな甲殻類よ、きみたちが目にするのは火だけだ。きみたちは我々の目を手に入れ、存在しているものを注意深く調べている。だが人間の時代には、我々はその同じ目で、存在していないものを見ることもあったのだ。

ヨハンナ　（落ち着いて）お父様、もうすぐお亡くなりになるの。
沈黙。フランツはピストルを投げ出し、急に起き上がる。

フランツ　運がないな！　樫の木みたいに元気だって、レニから聞いたばかりだったのに。

ヨハンナ　レニは嘘をついているのよ。

フランツ　（確信して）みんなにはな。おれには嘘はつかない。それがゲームの規則だ。（急に）穴があったら入りたいだろう、恥知らず。ぶざまな策を弄して、たちまちボロを出しやがった！　え、何？　一時間もしないうちに、二倍美しくなっている——こんな前代未聞のチャンスをあんたは利用しようともしない！　低俗な女、ヴェルナーにお似合いだ。
彼は彼女に背を向け、座り、ふたつの貝殻をかちかち打ち鳴らす。厳しく孤独な顔。彼はヨハンナのことを一顧だにしていない。

ヨハンナ　（初めて当惑して）フランツ！（沈黙）……死ぬのよ、あと半年で！（沈黙。恐怖を乗り越えて彼女は彼に近づき、肩に触る。反応はない。彼女の手は落ちる。彼女は彼を黙って見つめる）わたしはチャンスを生かせなかった。あなたの言うとおりよ。さよなら！

彼女は出て行こうとする。

フランツ　（急に）待て！（彼女はゆっくり振り向く。彼は彼女に背を向ける）あそこに薬がある、容器のなかだ。ナイトテーブルの上。あれを取ってくれ！

ヨハンナ　（彼女はナイトテーブルのところへ行く）ベンゼドリン。これ？（彼は頷く。彼女は彼に容器を投げ、彼はそれを宙で摑む）どうして飲むの、こんなもの？

フランツ　あんたに耐えるためさ。

彼は錠剤を四つ飲む。

ヨハンナ　一度に四つ？

フランツ　さっき四つ飲んだ。全部で八つ。（彼は飲む）わたしは命を狙われている。あんた、暗殺者の手先だろ。頭を使わなきゃな、きちんと、え、何？　そして用心しながら。（彼は最後の錠剤を飲む）霧がかかっていた……（指を額に当て）……ここだ。ここに太陽を置く。（彼は飲み、激しく努力して、振り向く。くっきりと厳しい顔）その服、その宝石、その金のブレスレット、誰に勧められた？　今日、身につけるようにって？　おやじの差し金だな。

ヨハンナ　いいえ。

フランツ　アドバイスしてもらったんだろう。（彼女は喋ろうとする）無駄だね！　あの人のことならまるでおれが自分で造ったみたいによく知っている。どっちが親でどっちが息子か分からないくらいだ。あの人がこっそり企んでいることを、あらかじめ知りたいと思うときは、おれは脳みそをきれいに洗って、空虚へ信頼を寄せる。最初に生まれる考え、それがおやじの考えだ。どうしてだか分かるか？　おやじはおれを自分の姿に似せて作った──もしかすると自分で作ったイメージに自分のほうから似ていったのかも知れないけどな。（彼は笑う）何のことだかさっぱりだろうな？（疲れた仕草で全てを一掃しながら）互いに映し合っている。（父を真似して）「何をおいても、美しくあってくれ！」ここからそれが聞こえる。おやじはね、〈美〉が好きなんですよ、いかれた爺《じじい》だ。だからよく分かってる、おれが美を一番上に置いているって。ただし、おれ自身の狂気は別だ。あんた、あの人の愛人か？（彼女は首を振る）年を取ったな！　共犯者？

ヨハンナ　今までは敵だった。

フランツ　同盟関係の変更か？　おやじはそういうのが好きだ。（急に真面目になって）半年？

ヨハンナ　長くて。

フランツ　心臓？

ヨハンナ　喉。
フランツ　癌なのか？（ヨハンナの肯定の仕草）一日に葉巻三十本！　馬鹿だよ！（沈黙）癌？　じゃあ、自殺だ。（間。彼は起き上がり、貝殻を掴み、ヒトラーの肖像へいくつも投げつける）あいつは自殺だ、いいかおいぼれの総統、あいつは自殺だ！（沈黙。ヨハンナは彼を見つめている）何だ？
ヨハンナ　何も。（間）あなたはお父様を愛している。
フランツ　自分自身と同じだけ、そして伝染病よりは少なく。おやじは何を望んでいる？　面会か？
ヨハンナ　いいえ。
フランツ　そのほうがいい。（叫びながら）あいつが生きていようと、くたばろうと、どうでもいい！　みろ、あいつのせいでおれがどうなったか！

彼は錠剤の容器を取り、蓋を開けに行く。

ヨハンナ　（優しく）それ、こっちに頂戴。
フランツ　何出しゃばってんだ？
ヨハンナ　（手を差し出して）よこしなさい！
フランツ　飲まないとだめなんだ。他人に習慣を変えられたくない。（彼女は相変わらず手を差し出している）分かった、そのかわり、今のくだらない話はもうす

フランツ　るな。いいか？（ヨハンナは曖昧に首をふり、それは同意の徴《しるし》のように見える）よし。（彼は彼女に容器を渡す）おれは全部忘れる。すぐに。自分の望みも忘れる。忘却は力だ、え？（間）Requiescat in pace.*（間）それで？　何か言え！
ヨハンナ　何かって？
フランツ　何でもいい、家族以外のことなら。あんたのことを話してくれ。
ヨハンナ　話すことは何もない。
フランツ　あるかないか決めるのはおれだ。（彼は彼女を注意深く見る）美の罠、それがあんただ。（彼は彼女をじろじろ見る）その点ではプロの美しさだ。（間）女優？
ヨハンナ　前はね。
フランツ　その後《あと》は？
ヨハンナ　ヴェルナーと一緒になったの。
フランツ　女優業はうまくいかなかった？
ヨハンナ　それほどにはね。
フランツ　端役？　スターの卵？
ヨハンナ　（過去を拒否する仕草で）ふん！
フランツ　スター？
ヨハンナ　そう言いたければ。
フランツ　（皮肉な賛嘆）スター！　なのにうまくいかなかった？　何を望んでいた？

*「安らかに眠れ」。ラテン語。

ヨハンナ　何をって？　全部よ。
フランツ　（ゆっくり）全部。そう、その通りだ。全てか無か。（笑いながら）結果はしょぼい？
ヨハンナ　いつも。
フランツ　ヴェルナーは？　あいつも全てを望んでいるのか？
ヨハンナ　いいえ。
フランツ　どうして結婚した？
ヨハンナ　愛していたから。
フランツ　（おだやかに）それは違う。
ヨハンナ　（反抗的に身を反らして）何が？
フランツ　全てを欲しがる者は……
ヨハンナ　（同じ演技）何？
フランツ　愛することができない。
ヨハンナ　欲しいものはもう何もない。
フランツ　夫の幸せ以外は、ってところか！
ヨハンナ　そうよ。（間）わたしたちを助けて！
フランツ　おれに何を期待している？
ヨハンナ　あなたが蘇ること。
フランツ　へえ！（笑いながら）さっきは自殺を勧めていた。

ヨハンナ　二つに一つよ。
フランツ　（意地悪な冷笑）何もかもはっきりしたな！（間）おれは殺人の嫌疑をかけられている、だが戸籍の上では死んでいて、告訴は取り下げになった。知っていただろう？
ヨハンナ　知っていました。
フランツ　それなのに蘇って欲しいのか？
ヨハンナ　そうです。
フランツ　そうか。（間）義理の兄を殺す、それができなければ、刑務所へ送る。（彼女は肩をすくめる）おれはここで警察を待つのか、それとも自首するのか？
ヨハンナ　（苛立って）刑務所には行かない。
フランツ　行かない？
ヨハンナ　当たり前でしょ。
フランツ　ということは、おやじがうまくやってくれる？（ヨハンナは頷く）じゃあ、めげていないんだ？（恨みのこもった皮肉とともに）偉いよなあ、大将、おれのために何でもしてくれた！（部屋と彼自身を指し示す仕草）その結果がこれだ！（激しく）みんなどっかへ行っちまえ！
ヨハンナ　（打ちのめされたような失意）フランツ！　あなたは卑怯よ！
フランツ　（激しく身を立て直し）何だと？（彼は自分を取り戻す。シニカルに）そりゃあ、もちろん、わたしは卑怯です。それで？

ヨハンナ　これは？

彼女は指先で彼のメダルに触れる。

フランツ　これ？（彼はメダルをひとつ摑み取り、銀紙をはぐ。それはチョコレートで、彼はそれを食べる）全部わたしが手に入れました。わたしのものです。食べる権利があります。ヒロイズム、それが問題だ。だがヒーローは……ヒーローが何か、ご存じでしょう。

ヨハンナ　いいえ。

フランツ　何にでもヒーローがいます。警察の、泥棒の、軍隊の、市民の――市民のヒーローはほとんどいませんがね――卑怯者の、さらには勇敢な者たちの。見本市です。ひとつだけ共通点がある。メダル。わたしは卑怯者のヒーローで、チョコのメダルをぶら下げている。そのほうが慎み深い。おひとついかが？遠慮はいりません。引き出しにまだ百個以上あります。

ヨハンナ　いただくわ。

彼はメダルを摑み取り、彼女に差し出す。彼女はそれを取って、食べる。

フランツ　（急に激しく）やめろ！

ヨハンナ　なあに？
フランツ　弟の連れ合いに四の五の言われる筋合いはない。(力をこめて) わたしは卑怯者ではない、牢屋も怖くない。暮らしているここが牢屋だ。わたしはこの体制を押しつけられている。あなただったら三日ともたない。
ヨハンナ　だとしたら何？　選んだのはあなたでしょう。
フランツ　わたしが？　あのね、わたしは決して選ばない！　選ばれるんだ。生まれる九ヶ月前、わたしの名前はもう選ばれていた、仕事も、性格も、運命も。もう一度言っておく、わたしはこの牢獄体制を押しつけられている。立派な理由がなければそんなものに服従などしない、あなたはそれを理解すべきだ。
ヨハンナ　理由ってどんな？
フランツ　(彼は一歩下がる。短い沈黙) あなた、目がきらきらしていますよ。いや、告白はやめておこう。
ヨハンナ　逃げ道はないわ、フランツ。あなたの持ち出す理由が正当か、それとも、弟の連れ合いがあなたを救いようのない者と判断するか。二つに一つよ。

彼女は彼に近づいていた。そしてメダルをはずそうとする。

フランツ　あなたですか、死神は？　そっちより十字架はどうです。スイス・チョコ。

ヨハンナ　（十字架を取る）ありがとう。（彼女は彼から少し離れる）死神？　そう見えます？

フランツ　ときどき。

ヨハンナ　（彼女は鏡を一瞥する）意外だわ。どんなとき？

フランツ　あなたが美しいとき。（間）あなたは、あいつらの道具だ。みんなでうまいこと取り回して、あなたがわたしから説明を聞き出すようにと仕組んだ。もしわたしが口をすべらしたら、この命が危ない。（間）仕方ない。どんなリスクでも引き受けますよ。さあ、どうぞ！

ヨハンナ　（間の後）どうしてここに隠れているの？

フランツ　あのね、隠れているんじゃない。告訴を逃れたかったら、とっくにアルゼンチンへ高飛びしている。（壁を示して）前はここに窓があった。ここだ。その窓は、かつては庭だったところに面していた。

ヨハンナ　庭だったところ？

フランツ　そう。（彼らはひととき見つめ合う。彼は言葉を継ぐ）窓をふさがせた。（間）何かが起こっている。外で。わたしには見えない何かが。

ヨハンナ　何かって、何？

フランツ　（彼は挑むように彼女を見る）ドイツ人殺し。（彼は相変わらず彼女を見つめる、なかば懇願するように、なかば脅すように、まるで彼女が話すのを妨げるかのように。彼らは危険地帯に達した）何も言うな！　わたしは廃墟を見た。

ヨハンナ　いつ？

フランツ　ロシアから戻るとき。

ヨハンナ　十四年前。

フランツ　そう。

ヨハンナ　それであなたは、何ひとつ変わっていないと思うの？

フランツ　ちゃんと知っている、刻一刻、全て悪化している。

ヨハンナ　レニが教えてくれるの？

フランツ　そうだ。

ヨハンナ　あなた、新聞は読むの？

フランツ　レニが代わりに読んでいる。都市は壊滅し、機械は破壊され、産業は落ち込み、失業率はうなぎのぼり、結核が蔓延し、出生数は激減。何ひとつ見落としていない。妹があらゆる統計を書き写してくれている。（テーブルの引き出しを指し示しながら）引き出しのなかに整理してある。史上もっとも美しい殺人。証拠はそろっている。早ければ二十年後、遅くとも五十年後に、最後のドイツ人は死んでいる。嘆いていると思われては困る。我々は負けた。そしてのど笛を掻き切られる、完璧だ。だがわたしはこの虐殺に立ち会いたくない、あなたはたぶん分かってくれるだろう。破壊された教会や、火事で焼けた工場、そんなものを観光ツアーで見て回るつもりはない。地下室のなかで折り重なっている一家を訪問するつもりもない。障害者や奴隷や裏切り者や娼婦たちに交じってうろつきまわるつもりもない。あなたはそういう光景に慣れているかも知れないが、正直言って、わたしには耐えられないだろう。わたしに言わせれば、卑怯者とはそれに耐えられる人間だ。勝つべきだった、あの戦争に。あらゆる手段を使って。▼あらゆる手段だ、え、何？　それか、消えてしまうべきだった。いいか、わたしには、頭を吹き飛ばされても平気な軍人の勇気があった、だがドイツ国民は押しつけられた卑劣な苦悶を受け入れている、だからわたしは、そうではないと叫ぶための口を守る決心をした。（彼は急に興奮する）違う！　罪はない！（叫びながら）違う！（沈黙）そういうことだ。

ヨハンナ　（ゆっくりと。彼女は決めかねている）押しつけられた卑劣な苦悶……

フランツ　（彼女から目を離さずに）言ったでしょう、そういうことなんです。

ヨハンナ　（気もそぞろに）そうね、そのとおりね。（間）閉じこもっている理由、それだけ？

フランツ　それだけだ。（沈黙。彼女は考え込んでいる）どうした？　やることはちゃんとやれ。怖いのか？

ヨハンナ　ええ。

フランツ　どうして？

ヨハンナ　あなたが怖がっているから。

フランツ　あなたのことを？

▼ここではフランツは理屈を変更し、自己防衛の次の手を繰り出す。自分は拷問者であったとしても、あの悲惨を回避するためならどんな手段も必要だった、とする。戯曲の最後の幕まで、彼の心はひとつの言い訳から別の言い訳へと揺れ動く。
Thody, p. 207.

ヨハンナ　わたしが言おうとしていることを。（間）わたしは知らない方がよかった。

フランツ　（死にそうな苦しみを抑えながら、挑むように）何を知っている？（彼女はためらい、ふたりは目で値踏みし合う）え？　何を知っている？（彼女は答えない。沈黙。ふたりは見つめ合う。ふたりとも怖がっている。ドアがノックされる。五回、四回、三回が二度。フランツは曖昧に微笑む。彼は起き上がり、奥のドアのひとつを開けに行く。浴槽がかいま見える。低声で）すぐに終わる。

ヨハンナ　（小声で）隠れるのは嫌。

フランツ　（唇に指を立て）しっ！（低声で）意地を張っている場合じゃない、せっかくの努力が水の泡だ。

彼女は躊躇し、それから、浴室に入る決心をする。再びノックの音。

第六場

フランツ、レニ

レニはお盆を運んでいる。

レニ　（びっくりして）錠、掛けてないの？
フランツ　うん。
レニ　どうして？
フランツ　（そっけなく）質問か？（急いで）よこせよ。ここで待ってろ。

彼は彼女の手からお盆を取り、テーブルへ置きに行く。

レニ　（驚愕して）どういう風の吹き回し？
フランツ　重くて大変だろ。（彼は振り向き、彼女を見つめる）こっちから親切に動いてやっているのに、文句あるのか？
レニ　ううん、でも怖いの。兄さんが親切なんて、悪いことでもあるんじゃないかって気がして。

フランツ　（笑いながら）はっはっ！（彼女は中に入り、背後のドアを閉める）入れとは言ってない。（間。彼はチキンの手羽を取り、食べる）さてと、夕飯《めし》だ。じゃまた明日。

レニ　待って。謝りたいの、わたし兄さんに喧嘩吹きかけた。

フランツ　（口いっぱいほおばりながら）喧嘩？

レニ　うん。さっき。

フランツ　（ぼんやりと）ああ、あれか！　さっきの……（勢いよく）うんあれは許す。

レニ　軽蔑しそうで怖いって言ったけど、あれ、嘘よ。

フランツ　いいんだ！　いいんだ！　気にするな！

彼は食べる。

レニ　兄さんの〈蟹〉、あれも受け入れる。〈蟹〉たちの法廷に従う。わたしから言った方がいい？（〈蟹〉に向かって）甲殻類よ、敬意を表するわ。

フランツ　どうした、おまえ？

レニ　分からない。（間）言いたかったことがもうひとつあるの。兄さん、命を大切にして。でなきゃ困る。ゲアラッハを継ぐ人だし、兄さんだけよ、心を乱されてもみじめな気持ちにならない人。（間）わたしって何の取り柄もないけど、生まれながらのゲアラッハ、つまり、自尊心で狂っている女

フランツ　——ゲアラッハの男とだけなの、愛を交わせるの。近親相姦、それはわたしの掟、わたしの運命。（笑いながら）家の絆を深めるわたしなりのやり方。

フランツ　（高圧的に）もういい。心理学は明日だ。（彼女はびくっとする。不信が戻ってきた。彼女は彼を観察する）おれたちは仲直りした、約束する。（沈黙）おい、あのせむし女……

レニ　（不意をつかれて）せむし女？

フランツ　ヴェルナーの奥さん。美人だろ？

レニ　普通よ。

フランツ　そうか。（間。真面目に）ありがとう、レニ。おまえはできることは全部やってくれた。全部。（彼は彼女をドアのところまで送っていく。彼女はされるがままになっているが、不安なままである）おれは扱い易い病人じゃなかったよな、え？　じゃあな！　さらばだ！

レニ　（笑おうと努力して）おおげさね！　明日また来る、知ってるでしょ。

フランツ　（穏やかに、ほとんど優しく）ぜひともそうしてくれ。

彼はドアを開けていた。彼は身をかがめ、彼女の額にキスする。彼女は顔をあげ、急に彼の口にキスして、出て行く。

第七場

フランツ、ひとり

彼はドアを閉め、錠を掛け、ハンカチを出し、唇をぬぐう。彼はテーブルのほうへ戻る。

フランツ　諸君、勘違いするな。レニは嘘はつけない。（浴室を指さし）嘘つきはあそこだ。あいつを黙らせてやる、え、何？　心配無用だ。手口はいろいろある。諸君は今夜、偽りの証人の破滅に立ち会う。（彼は自分の両手が震えていることに気付き、そこから目を離さずに自分自身に激しい努力を加える）おい、おまえたち！　落ち着け！　ほら！（手の震えは少しずつ止む。鏡を一瞥し、上着をひっぱり、ミリタリーベルトをきちんと整える。彼は変わった。第二幕の幕が開いて以来初めて、彼は自分自身を支配している。彼は浴室のドアへ行き、ドアを開け、お辞儀する）では、始めましょう！

ヨハンナが入ってくる。彼はドアを閉め、厳しい様子で彼女を見張る。次の場の間中、彼は彼女を支配しようとしていることが明らかである。

第八場

フランツ、ヨハンナ

フランツは再びドアを閉じた。彼は戻ってヨハンナの前に立つ。ヨハンナは入り口のドアの方へ一歩踏み出す。彼女は止まる。

フランツ　動くな。レニがまだ下にいる。
ヨハンナ　何をしているの、あの人?
フランツ　片付け。(新しい一歩)ヒール!(彼は、女のヒールの音を真似るためにドアをコツコツ叩く。フランツはヨハンナから目を離さずに話す。どうやら自分の冒す危険を測っているように感じられ、また、言葉は計算されているように感じられる)さっきあなたは出て行こうとした。でもその前に、言っておきたいことがあったんじゃありませんか?
ヨハンナ　(彼女は浴室から出て以来、居心地が悪そうである)いいえ。
フランツ　ああ?(間)それはどうも!(間)言うことは何もない?
ヨハンナ　何も。
フランツ　(彼は急に立ち上がる)それじゃあ話が単純すぎる。最初はわたしを解放しようとした。次に、考えを変え、はいさようならだ。後々《のちのち》わたしを毒のように苦しめることになるとびきりの疑惑を残したまま。それはないでしょう！（彼はテーブルへ行き、二個のグラスと一本のボトルを取る。シャンパンをグラスに注ぎながら）これがドイツ？　立ち直っている？　我々は繁栄のなかを泳いでいる？

ヨハンナ　（激怒して）ドイツは……

フランツ　（とても素早く、耳をふさぎながら）何を言っても無駄だ！　無駄！　わたしはあなたを信用しない。（ヨハンナは彼を見つめ、肩をすくめ、黙る。彼は、磊落《らいらく》に、すっかりくつろいで歩く）結局、うまくいかなかった。

ヨハンナ　何が？

フランツ　あなたのチーム。

ヨハンナ　そうね。（間、こもった声）治すか、殺すか、どちらかひとつだった。

フランツ　その通り！（愛想良く）もっと別なものを探さないとね。（間）わたしのほうは、いいものをもらいました。あなたを見つめる歓び。感謝します、その寛《ひろ》い心に。

ヨハンナ　心は寛《ひろ》くないわ。

フランツ　寛いとしか呼びようがありませんよ、こんなにお骨折りいただいて。それに鏡に向かって一仕事なさったたし。何時間もかかったでしょう。たったひとりの男のために、大変な手間でしたね！

ヨハンナ　毎晩やっていますから。
フランツ　ヴェルナーのために。
ヨハンナ　ヴェルナーのために。時には、あの人のお友達のためにも。
フランツ　（彼は微笑みながら首を振る）嘘だ。
ヨハンナ　それじゃあわたしはだらしない格好で部屋をうろついているの？　身繕いもしないで？
フランツ　それも嘘だ。（彼は彼女を見るのをやめ、目を壁へ向け、想像のままに描写する）あなたは背筋を伸ばしている。しゃきっとしている。髪はまとめている。頭を水の上に出して、沈んでいかないようにしている。唇には何も塗っていない。化粧もしていない。ヴェルナーは世話を焼いてもらい、優しくしてもらい、キスしてもらう。その権利がある。微笑みは？　決して。あなたはもう微笑まない。
ヨハンナ　（微笑みながら）透視能力があるのね！
フランツ　監禁された者たちは特別な光を使う。それを使って互いを認識し合う。
ヨハンナ　そうしょっちゅうは出会えないでしょうけれどね。
フランツ　ところが、ご覧の通り、たまにそういうことが起こる。
ヨハンナ　あなたはわたしを認識したの？
フランツ　我々は互いを認識し合っている。
ヨハンナ　監禁されているの、わたし？（彼女は起き上がり、鏡に映る自分の姿を見、振り向く。彼女は初めてとても美しく挑発的である）思ってもみなかったわ。

彼女は彼のほうへ行く。

フランツ　（勢いよく）ヒール！

ヨハンナは微笑みながら靴を脱ぎ、片方ずつ、ヒトラーの肖像へ投げつける。

ヨハンナ　（フランツに近く）ヴェルナーのクライアントに娘さんがいて、わたしも会ったことがある。鎖につながれて、体重は三十五キロ、虱《しらみ》だらけ。わたしもそう？

フランツ　そっくりだ。その娘は全てを欲しがった、たぶんそうだと思う。負け戦だ。その子は全てを失った、それで部屋に閉じこもり、全てを拒絶するふりをした。

ヨハンナ　（苛々と）いつまでだらだらわたしのことをしゃべっているつもりなの？（彼女は一歩後ろに下がり、床を指しながら）レニはもうサロンを出たわよ。

フランツ　まだだ。

ヨハンナ　（腕時計を一瞥）ヴェルナーの帰ってくる時間だわ。八時。

フランツ　（激しく）やめろ！（彼女は驚いて彼を見る）ここに時間はない。あるのは〈永遠〉だ。（彼は落ち着く）我慢しろ。すぐ自由になる。

間。

ヨハンナ　（挑戦と好奇心の入りまじった様子で）それで？　わたしも監禁するの、わたし自身を？
フランツ　そうだ。
ヨハンナ　自尊心から？
フランツ　もちろん！
ヨハンナ　何か不足？
フランツ　あなたはもっと美しくなれた。
ヨハンナ　（微笑みながら）お世辞がうまいのね！
フランツ　あなたが考えていることをわたしが言ってあげた。
ヨハンナ　じゃあ、あなたは？　何を考えているの？
フランツ　自分自身のことで？
ヨハンナ　わたしのことでよ。
フランツ　あなたは取り憑かれている。
ヨハンナ　狂っている？

フランツ　完全に。

ヨハンナ　それ、あなたのことを言っているの？　それとも、わたしのこと？

フランツ　我々のこと。

ヨハンナ　あなたは何に取り憑かれていたの？

フランツ　何て呼べばいいんだろう？　空虚。（間）それとも、偉大な力……（彼は笑う）わたしは偉大な力に取り憑かれていた、ところがわたし自身にはそれがなかった。

ヨハンナ　そうね。

フランツ　あなたは自分自身を見張っていた、そうでしょう？　本当の自分を捕まえようとしていた？（ヨハンナは同意の仕草をする）捕まえた？

ヨハンナ　まさか！（彼女は鏡に映った自分を自惚れなしに見る）わたしはあれを見ていたの。（彼女は鏡像を指す。間）街角の映画館に入っていく。スクリーンのなかでスターのわたし、ヨハンナ・チエスが歩いている。小さなざわめきが聞こえてくる。みんな感動していた。一人ひとり、他人の感動に感動して。わたしは見ていた……

フランツ　それで？

ヨハンナ　お仕舞い。あの人たちに見えているものが、わたしには一度も見えなかった。（間）あなたは？

フランツ　同じでした、わたしも。しくじったんです。全軍の前で勲章をもらいました。それはそうと、ヴェルナーは美しいと思っているんですよね、今もあなたのことを?

ヨハンナ　そうじゃなければいいんですけど。たったひとりの男にそう思われたからって、意味あります?

フランツ　(ゆっくりと)わたしはあなたを美しいと思う。

ヨハンナ　それはどうも、でも、もうおっしゃらないで。わかるでしょう、世間に捨てられて以来、誰も……(彼女は少し落ち着き、笑う)あなた、自分のことを一個大隊だと思っているんじゃない?

フランツ　いけませんか?(彼は彼女を見続ける)わたしを信じる、大切なのはそれです。絶好のチャンスです、わたしを信じれば、わたしは数限りないものになる。

ヨハンナ　(神経質に笑いながら)それじゃ取引じゃないの。「わたしの狂気のなかへどうぞ、代わりにわたしもあなたの狂気のなかへ」

フランツ　いけませんか?あなたには、失うものは何もない。そしてすでにわたしの狂気のなかへ入っている、さっきからずっと。(入り口のドアを指し示しながら)ドアが開いたとき、あなたが見たのはわたしではなかった。見たのは、わたしの眼の奥にあるイメージだった。

ヨハンナ　眼は空っぽだったから。

フランツ　イメージがあったせいで。

ヨハンナ　もう覚えていない。死んだスターの写真がどんなものだったか。全て消えた、あなたが喋ったときに。

フランツ　先に喋ったのはあなただ。沈黙を破る必要があったの。

ヨハンナ　耐えられなかったから。

フランツ　魅惑を破る必要が。

ヨハンナ　とにかく、うまくいったのよ。（間）どうしたの？（彼女は神経質に笑う）なんだかキャメラの眼みたい。もうたくさん。あなたは死んでいる。

フランツ　あなたに仕えるために。死は死を映す鏡だ。わたしの偉大さはあなたの美しさを映し出している。

ヨハンナ　わたしは生きている人たちに愛されたかった。

フランツ　死ぬことを夢みているくたびれ果てた大衆に？　あなたは彼らに、穢れのない、透きとおった〈永遠の休らぎ〉の顔を見せていた。映画は墓場だ、そうでしょう。あなた、名前は？

ヨハンナ　ヨハンナ。

フランツ　ヨハンナ、わたしはあなたを欲望していない、愛してもいない。わたしはあなたと、そして全人類の証人だ。わたしは諸世紀の前へ進み出てこう証言する。「あなたは美しい」。

ヨハンナ　（魅惑されたように）ええ。

彼は激しくテーブルを叩く。

フランツ　（厳しい声で）白状しろ、嘘をついたな。言え、ドイツは死にかけている。
ヨハンナ　（彼女はほとんど苦しそうに身震いする。目が覚めたのだ）は！（彼女は震え、顔はひきつる。一瞬ほとんど醜くなる）台無しじゃないの、何もかも。
フランツ　何もかも。おれはイメージを攪乱した。（急に）あんたはおれにもう一度生きろと言うのか？　むだに鏡を割るだけだぞ。おれはあんたたちのなかへ降りてゆく。家族でスープを飲む、そしてあんたはヴェルナーとハンブルクへ行く。事態はどこへ進んでいく？
ヨハンナ　（彼女は自分を取り戻していた。微笑みながら）ハンブルクへ。
フランツ　あそこでは二度と美しくなれない。
ヨハンナ　そうね、二度と。
フランツ　ここでなら毎日美しくいられる。
ヨハンナ　そうね、もし毎日来られるなら。
フランツ　あんたはまた来る。
ヨハンナ　開けてくれるの？
フランツ　開ける。
ヨハンナ　（フランツを真似て）事態はどこへ進んでいく？
フランツ　ここ、〈永遠〉のなかへ。
ヨハンナ　（微笑みながら）錯乱のなかへ、ふたり一緒に……（彼女は考える。もう魅惑されてはいず、彼女は最初の計画へ戻っているのだと人は感じる）いいわ、また来る。

フランツ　明日？

ヨハンナ　たぶん。

フランツ　（穏やかに。ヨハンナは沈黙）ドイツは死にかけている。言ってくれ。言わないと鏡が粉々になる。（彼はいらいらと神経質になり、両手がまた震え始める）言え！　言ってくれ！　言うんだ！

ヨハンナ　（ゆっくりと）錯乱のなかへ、ふたり一緒に。それもいいわ。（間）ドイツは死にかけている。

フランツ　本当か？

ヨハンナ　ええ。

フランツ　国民は喉を掻き切られている？

ヨハンナ　ええ。

フランツ　そうか。（彼は耳を澄ます）あいつはもういない。（彼はヨハンナの靴を拾いに行き、彼女の前にひざまずき、靴を履かせる。彼女は立ち上がる。彼も立ち上がり、お辞儀し、踵を鳴らしながら）明日！（ヨハンナはほとんどドアのところまで行く。彼は彼女のあとについてゆき、錠をはずし、ドアを開ける。彼女は頭で合図し、とても軽い微笑みを浮かべる。彼女は出て行こうとする。彼は彼女を止める）待ってくれ！（彼女は振り向く。彼は彼女をふいに不信の目で見る）どっちが勝った？

ヨハンナ　勝つって、何に？

フランツ　第一セット。
ヨハンナ　あててごらんなさい。

彼女は出て行く。彼はドアを閉める。鉄の棒。錠。彼はほっとしたように見える。彼は舞台中央へ行く。立ち止まる。

第九場

フランツ、ひとり

フランツ　うへ！（微笑みが一瞬顔に残り、次いで表情はこわばる。彼は怖がっている）De Profundis clamavi！*（苦しみが彼を覆い尽くす）歯ぎしりしろ！　歯ぎしりしろ！　歯ぎしりしろ！（彼は震え始める）

第二幕　終

*「深キ淵ヨリ叫ビヌ」。ラテン語。旧約聖書、「詩篇」百三十。

第三幕

ヴェルナーの書斎。現代的な家具。
鏡がひとつ。ドアがふたつ。

第一場▼

父、レニ

ドアがノックされる。舞台上には誰もいない。再びノックの音。ついで父が入ってくる。左手にナプキンを持っている。レインコートは丸められ右腕に載っている。彼はドアを閉め、レインコートとナプキンを肘掛椅子の上に置き、思い直して、ドアのところへ戻り、開ける。

父　（舞台袖へ呼びかけながら）いるんだろう！（ほんの少しの沈黙）レニ！

一瞬ののち、レニが姿を見せる。

レニ　（少し挑むように）ここよ！
父　（髪を優しく撫でながら）ただいま。隠れていたのか？
レニ　（少し後に下がって）お帰りなさい、お父様。そう、隠れていたの。（彼女は彼を見る）どうしたの、その顔！
父　血がのぼったんだ、旅行で。

▼ルネサンス座（初演）の舞台では、このシーン（場）はカットされた。　TC

彼は咳をする。乾いた短い咳で、痛そうである。

レニ　風邪がはやっていたの、ライプツィヒ？

父　（理解せずに）風邪？（彼は理解した）いや。咳がでる。（彼女はある種の怯えとともに父を見る）それとおまえと、何か？

レニ　（彼女は顔をそむけた。そして空《くう》を見ている）何もないといいけど。

間。

父　（楽しそうに）で、わたしを見張っていたのか？

レニ　（愛想良く）こっそりね。お互い様。

父　せっかちだな。たった今戻ったばかりだ。

レニ　戻ったら真っ先に何をするんだろうと思って。

父　見てのとおり。ヴェルナーに会う。

レニ　（腕時計をちらりと見て）ヴェルナーは造船所よ、知ってるでしょ。

父　ここで待つ。

レニ　（あっけにとられたふりをして）お父様が？

父　いけないのか？

彼は座る。

レニ　いけなくはないけど。（彼女も座る）一緒に待ってもいい？

父　ひとりがいい。

レニ　そう。（彼女はまた立ち上がる）何をしたの？

父　（驚いて）ライプツィヒで？

レニ　ここで。

父　（同じ演技）わたしが何をしたかって？

レニ　そう。

父　六日前から出かけていた。

レニ　日曜の夜、何をしたの？

父　ああ！うるさいな、おまえは。（間）何もしていない。晩飯を食って、寝た。

レニ　全てが一変したのよ。どうして？

父　一変って、何が？

レニ　とぼけないで。

父　飛行機から降りたばかりだ。何も知らない。何も見なかった。

レニ　でもわたしを見ている。

父　たしかに。（間）いつになってもおまえは相変わらずだ、レニ。何が起こっても。

レニ　お父様！（鏡を指さして）わたしにも自分が見えている。（彼女は鏡に近づく）髪が乱れた、お父様のせい。（髪を直しながら）これじゃ自分でも……

父　自分が誰か分からない？

レニ　全然。（彼女は腕を下ろす）もう！（自分の姿を、今さらながら驚いたというような明晰さで見ながら）くだらない！（振り向かずに）昨日、夕食のとき、ヨハンナお化粧してた。

父　へえ？（彼の眼は一瞬輝くが、元に戻り）で？

レニ　それだけ。

父　化粧なんて女だったら毎日するだろ。

レニ　しやしないわよ、あの人は。

父　夫を取り戻したいと思ったんだよ。

レニ　夫！（侮辱するようなふくれ面）あの人の眼、お父様まだ見てない。

父　（微笑みながら）うん。どんな眼だ？

レニ　（簡潔に）すぐに分かる。（間。すげない笑い）ああ！　みんなすっかり変わっちゃった。ヴェルナーったら大声でしゃべって、がつがつ食べて、がぶがぶ飲んで。

父　わたしのせいじゃない。

レニ　ほかに誰がいる？
父　誰も。この老いぼれの喉にガタがきたせいだ。いいか、父親に暇が出される、すると……何悲しい顔してるんだ？　おまえたちには半年前から告知してある。心の準備をする時間だって充分ある。感謝されてもいいくらいだ。
レニ　感謝はしてる。（間。声を変えて）日曜の夜、お父様はわたしたちに時限爆弾をプレゼントした。どこにあるの？（父は肩をすくめ、微笑む）見つけるわよ、わたし。
父　爆弾！　どうしてそういう……？
レニ　偉い人って、ひとりで死ねないものなのよ。
父　家族全員を吹き飛ばすのか？
レニ　家族じゃない。お父様はそこまでみんなを愛してはいない。（間）フランツよ。
父　かわいそうに！　わたしの死後も世界は生き続けるというのに、あの子ひとりだけ墓のなかへ連れて行くのか？　頼むよ、レニ、そんなことはさせないでくれ。
レニ　わたしに任せて。（彼女は彼の方へ一歩進み出る）もし誰かが兄さんに近づこうとしたら、お父様はすぐにひとりで旅立つのよ。
父　分かった。（沈黙。彼は座る）ほかに何か言いたいことは？（彼女は首を振って否定する。権威的に、だが口調は変えずに）行きなさい。

レニは一瞬彼を見、頭でお辞儀し、出て行く。父は立ち上がり、ドアを開けに行き、廊下に一瞥を投げるが、それはまるでレニがそこに隠れていないかどうか確かめるためのようだ。それからドアを閉め、鍵を回して掛け、鍵穴が隠れるように鍵にハンカチを掛ける。彼は振り向き、部屋を横切り、奥のドアへ行き、それを開ける。

第二場

父、ついでヨハンナ

父　（強い声で）ヨハンナ！

彼は激しく咳き込み、中断する。彼は振り向く。今、彼はひとりになり、自分を制御できない。見た目にも苦しそうだ。彼は机へ行き、水差しを取り、コップに注ぎ、飲む。ヨハンナが奥のドアから入り、向こうむきの彼の背中を見る。

ヨハンナ　何か……（彼は振り向く）あら、お父様？

父　（絞り出すような声で）ああ、わたしだ！（彼は彼女の手にキスする。彼の声はしっかりする）帰っているとは思わなかった？

ヨハンナ　やだ、忘れてました、お父様のこと。（彼女は自分を取り戻し、笑う）いかがでした、ご旅行？

父　素晴らしかった。（彼女は鍵の上のハンカチを見る）何でもない。目玉が一個潰れた。（間。彼は彼女を見る）化粧をしていないね。

ヨハンナ　ええ。
父　じゃあ、フランツには会いに行かないのか？
ヨハンナ　誰のところへも行きません。うちの人を待っているんです。
父　会ったんだろう？
ヨハンナ　誰と？
父　息子と。
ヨハンナ　二人います。どちらの話をなさっているんです？
父　長男だ。（沈黙）で？
ヨハンナ　（ぎくっとして）お父様？
父　約束しただろう？
ヨハンナ　（浮き浮きしながら驚いた様子で）あら、ほんと。約束したんでした！　喜劇だわ。（ほとんど打ち明けるように）二階では何から何まで喜劇、先の短いお父様まで。どうしたらそんなに理性的でいられるの？（間）ええ。会いました。（間）でもお分かりにならないと思います、お父様には何ひとつ。
父　（彼はこの告白を予想していたが、一種の苦悶なしには聞くことができない）フランツに会った？（間）いつ？　月曜？
ヨハンナ　月曜、そしてほかの日も毎日。
父　毎日！（あっけにとられて）五回も？
ヨハンナ　たぶん。数えちゃいません。

父　五回も！（間）奇跡だ。（彼は両手をこする）

ヨハンナ　（高圧的に、だが声を荒げることなく）お願い。（父は両手をポケットに再び入れる）そんなに喜ばないで。

父　悪かった。帰りの飛行機、冷や汗が出た。全てを失《な》くしたんじゃないかと思って。

ヨハンナ　それで？

父　ところがあなたは毎日会っている。

ヨハンナ　全てを失くすのはわたしです。

父　どうして？（彼女は肩をすくめる）あの子はドアを開ける、つまり互いに分かり合っているんだろう。

ヨハンナ　分かり合っています。（シニカルな厳しい口調）息のあった泥棒のように。▼

父　（当惑して）え？（沈黙）気の置けない友だちということかい？

ヨハンナ　友だちなんてものではありません。

父　というと？（間）つまり……

ヨハンナ　（不意を突かれて）え？（噴き出す）恋人？　考えもしなかった。それって、お父様の計画に必要でしたの？

父　（少しむっとして）すまない、でも悪いのはあなたのほうだ。わたしには分からないと決めてかかって、説明ひとつしてくれないんだから。

ヨハンナ　説明することは何もないんです。

▼ヨハンナは、息子を階下へおりて来させるという父の願いを助けることをやめ、今ではフランツの想像世界へ深く入り込み、ときにはその実在さえ信じるまでになっている。
Thody, p. 208.

父　（不安げに）あの子は、少なくとも……病気ではないんだね？

ヨハンナ　病気？（彼女は理解する。相手をぺしゃんこにするような軽蔑とともに）ああ！……頭の病気？（肩をすくめながら）どうなんでしょう。

父　あれの暮らしぶりをあなたは見ている。

ヨハンナ　あの人の頭がどうかしているなら、わたしの頭もどうかしているんです。それだといけないんですか？

父　いずれにしても、あの子は不幸ではないんだね。

ヨハンナ　（愉快そうに）あのね、お父様！（打ち明けるように）言葉の意味があそことここでは同じじゃないんです。

父　そうか。何て言うんだね、あそこでは、苦しいとき？

ヨハンナ　苦しんだりはしません。

父　え？

ヨハンナ　忙しいんです。

父　フランツは忙しい？（ヨハンナは頷く）何が？

ヨハンナ　何が？　つまり、誰のせいで？

父　つまりまあ、そういうことだ。で？

ヨハンナ　わたしとは関係ありません。

父　（穏やかに）話してはくれないのかね、あの子のことを？

ヨハンナ　（深い疲労をおぼえて）どんな言葉で？　ずっと翻訳し続けなくてはいけない

から。疲れます。（間）お父様、わたし出て行きます。

父　あの子を見捨てて？

ヨハンナ　あの人は誰も必要としていません。

父　もちろん、あなたには出て行く権利がある、あなたは自由だ。（間）この前、あなたは約束した。

ヨハンナ　約束は守りました。

父　だったら知っているんだね、あの子は……（ヨハンナは頷く）何と言っていた？

ヨハンナ　お父様はタバコを吸いすぎるって。

父　ほかには？

ヨハンナ　何も。

父　（深く傷ついて）そんなことだろうと思っていた！　十三年間、あの女は嘘八百、あることないことしゃべり散らして……

ヨハンナは静かに笑っている。彼は言いさして、彼女を見る。

ヨハンナ　ほらね、何も分かってらっしゃらない！（彼は硬化して彼女を見る）わたしが何をすると思うんです、フランツのところで？　嘘をつくんです。

父　あなたが？

ヨハンナ　口をひらけば嘘ばかり。
父　（あっけにとられ、ほとんど無防備に）だけど……あなたは嘘を嫌っていた。
ヨハンナ　今でも。
父　だったら？
ヨハンナ　それでも嘘をつくんです。ヴェルナーには沈黙で。フランツには言葉で。
父　（とてもそっけなく）約束が違う。
ヨハンナ　ええ！
父　あなたの言う通りだった。わたしは……分からない。あなたは自分のためにならないことをしている！
ヨハンナ　ヴェルナーのためにならないことを。
父　ふたりのために、ということだ。
ヨハンナ　今ではもう分かりません。

沈黙。父は、一瞬途方に暮れ、再び自分を取り戻す。

父　あなたは向こう側に付いたのか？
ヨハンナ　向こうもこっちもありません。
父　そうか。じゃあ、聞いてくれ。フランツには同情の余地がある。あなたはあの子を気遣おうとしてくれた、それはよく分かる。けれどこの方向で続けることはできない！　憐れみの情にほだされると……
ヨハンナ　わたしたちには憐れみなどありません。
父　わたしたち？　誰のことだ？
ヨハンナ　レニとわたしです。
父　レニは別だ。あなたが自分の気持ちを何と呼ぼうとかまわない、だがとにかく、わたしの息子に嘘は言わないでくれ。あの子を貶《おとし》めることになる。（彼女は微笑む。いっそう力をこめて）あの子の願いはたったひとつ。逃げることだ。嘘をどっさり詰め込んでしまうと、あの子はそれを利用してぶくぶく沈んでしまう。
ヨハンナ　そうやって苦しめている暇はありません。わたしは出て行きます。
父　いつ、どこへ？
ヨハンナ　明日、どこかへ。
父　ヴェルナーと？
ヨハンナ　分かりません。
父　逃げ出すのか？
ヨハンナ　そうです。
父　一体なぜ？
ヨハンナ　話し方がふたつ、生活がふたつ、真実がふたつ。ひとりの人間には多過ぎます。そう思いませんか？（彼女は笑う）デュッセルドルフのみなし児たち、放っておけなくて。

父　何のことだ？　これも嘘か？

ヨハンナ　あそこの真実です。見捨てられた子供たち。強制収容所でお腹をすかせて死んでいくんです。子供たちはとにかく存在していることは間違いありません、だってわたしを一階まで追ってくるんですから。昨日の夜、危《あや》うくヴェルナーに尋ねるところでした、あの子たちを救えるんじゃないのかしら、って。（彼女は笑う）どうでもいいことなのかもしれないけど。でもあそこでは……

父　それで？

ヨハンナ　わたしは自分自身にとっての最悪の敵です。わたしの声は嘘をつく、体がそれとは反対のことを言う。わたしは飢餓《きが》についてしゃべり、我々はそのせいで死んでしまうと言う。でもお父様、わたしを見て。栄養失調に見えます？　もしフランツがわたしを見たら……

父　じゃあ、あの子は、あなたを見ていないのか？

ヨハンナ　わたしを見つめるところまではまだ行っていません。（自分自身に言うように）裏切り者。閃《ひらめ》きがあって弁も立つ。あの人はしゃべり、みんなはそれを聞く。そして突然、あの人は鏡のなかの自分を見る。胸に貼り紙がしてあって、こう書いてあります。あの人が黙るとそれを読むことができます。裏切り。この悪夢がわたしを待っているんです、あなたの息子さんの部屋で毎日。

父　それはこの世界全員の悪夢だ。毎日、毎晩。

沈黙。

ヨハンナ　質問してもいいでしょうか？（父が頷くのを見て）わたしは何をすればいいんでしょう？　どうしてわたしを引っ張り込んだんです？

父　（とても素っ気なく）どうかしている。首を突っ込んできたのはあなたのほうだ。

ヨハンナ　わたしが決心するって、どうして知っていたんです？

父　知っていたわけじゃない。

ヨハンナ　嘘はいけません。嘘をつくなってご自分でわたしにおっしゃったんじゃありませんか。つくにしても、早すぎてはだめです。六日、といえば短くはない長さです。お父様はわたしに考える時間をくださった。（間）家族会議はわたしひとりのために開かれたんです。

父　違う。ヴェルナーのためにだ。

ヨハンナ　ヴェルナー？　まさか！　ヴェルナーを攻撃したのは、わたしに彼を守らせるためにです。フランツに話をするという考え、それを思いついたのはわたしです。そのことは認めます。というより、わたしはその考えを見つけてしまったんです。お父様は部屋のなかにそれを隠しておいた。そして巧妙にわたしを導いて、わたしの目にそれが飛びこむようにした。違います?

父　実際わたしは願っていた、あなたが息子と会ってくれたらと。その理由はあなたにもよく分かっている。

ヨハンナ　(力をこめて)それが分からないんです。(間)わたしたちを会わせる。知っている女と、知りたくない男。あの人を殺すにはたった一言で十分だって、お父様わたしに教えくださっていました?

父　(威厳をもって)ヨハンナ、わたしは息子のことは何も知らない。

ヨハンナ　ひとつを除いて。あの人は自分自身から逃げ出したい、そしてわたしたちは嘘をつき、それを手助けしている、そうでしょう!　大した演技だわ、お父様。あの人を殺すにはたった一言で充分、それを聞いても、眉ひとつ動かさない。

父　(微笑みながら)一言というのは?

ヨハンナ　(彼の鼻先で笑いながら)裕福。

父　何だって?

ヨハンナ　あるいは何でもいいんです、わたしたちはヨーロッパで一番お金持ちの国民、それをあの人に分からせる言葉なら。(間)驚かないんですね。

父　驚くものかね。十二年前、あの子が何を怖がっているのか理解した。ふと洩らした言葉を聞いてね。みんなはドイツを壊滅させようとしている、あの子はそう思った。我々が皆殺しになるのを見るのが嫌で引きこもった。あの頃、もしあの子に未来を見せてやれていたら、すぐに治っていた。今となっては、救い出すのも容易なことではない。あの子は慣れてしまったし、レニに甘やかされているし、修道院のような生活にもそれなりに安楽なところがある。だが心配する必要はない。病気を治す薬がひとつだけある。真実だ。最初は顔をしかめるだろう、不平の理由を取り上げてしまうわけだから。その後、一週間もすれば、あなたは真っ先に感謝される。

ヨハンナ　（激しく）つまらない冗談です！（乱暴に）昨日会ったのよ、それでは足りないっていうの？

父　足りない。

ヨハンナ　二階では、ドイツは見る影もなく死んでいます。それを蘇らせたら、あの人は口のなかに銃弾を撃ち込みます。

父　（笑いながら）まさか！

ヨハンナ　言っておきますけど、絶対にそうです。

父　あの子はもう国を愛していないのか？

ヨハンナ　大好きです。

父　だったらどうして！　筋が通らないじゃないか。

ヨハンナ　だって無理なんです！（少し逆上しながら笑って）筋！　そんなことなの（父を

指しながら）この頭のなかにあるのは。わたしの頭には、あの人の眼があります。（間）今すぐ止《と》めてください。お父様の地獄の機械▼がわたしたちの手の中で爆発してしまいます。

父　わたしは何も止められない。

ヨハンナ　じゃあわたしは出て行きます、これっきり、あの人にも会わずに。ご心配なく。本当のことはちゃんと言ってあげますから。でもフランツにではなくて、ヴェルナーにですけど。

父　（勢いよく）だめだ！（彼は自分を取り戻す）ろくなことにならない。

ヨハンナ　でも日曜からこっち、何かろくなことしてます、わたし？（遠くで車のクラクションが聞こえる）うちの人です。十五分後には全てを知っています。

父　（高圧的に）待ちなさい！（彼女はびっくりして立ち止まる。彼はドアのところへ行き、ハンカチを取りのぞき、鍵を回す。それからヨハンナのほうへ振り向く）提案がある。（彼女は沈黙しひきつっている。間）ヴェルナーには何も言うな。フランツのところへ行ってくれ、これが最後だ。そしてわたしが会いたがっていると言ってくれ。もし会うと言ったら、ヴェルナーの誓いを解く。きみたちは好きなときにふたり揃って出て行く。（沈黙）ヨハンナ！　あなたに自由を与える。

ヨハンナ　分かっています。

▼コクトーの戯曲『地獄の機械』（1934）への暗示。コクトーの戯曲同様、核戦争による世界終末の脅威を想起させる。　*TC*

車が駐車場に入った。

父　それで？
ヨハンナ　そんなものと引き替えに自由が欲しくはありません。
父　そんなもの？
ヨハンナ　フランツの死。
父　何を言うかと思えば！　どうした？　まるでレニの台詞《せりふ》だ。
ヨハンナ　そのとおりです。レニとわたし、双子の姉妹なんです。驚くことはありません。あなたがわたしたちをこんなふうにしたんです。この世の女があなたの息子の部屋に入るたび、同じ数のレニが生まれ、あなたに歯向かってくることになるんです。

ブレーキの音。車は玄関口で止まる。

父　頼む、まだ決めないでくれ！　ちゃんと約束する……
ヨハンナ　無駄です。殺し屋を雇うなら、男に頼んでください。
父　何もかもヴェルナーに話すのか？
ヨハンナ　ええ。
父　そうか。もし何もかもレニに話したら？

ヨハンナ　（あっけにとられ、怯えて）レニに、お父様が？

父　いけないいかね？　家が吹っ飛ぶよ。

ヨハンナ　（ヒステリーを起こしそうに）吹っ飛ばしなさいよ！　家を！　地球を！　わたしたちやっと落ち着ける。（最初はくすんだ低い笑い声が心にもなく大きくなる）落ち着く！　落ち着く！　落ち着く！

廊下に足音。父は急いでヨハンナのところへ行き、乱暴に肩を摑み、じっと見つめながら揺すぶる。ヨハンナはようやく平静を取り戻す。父が彼女から離れると同時にドアが開く。

第三場

父、ヨハンナ、ヴェルナー

ヴェルナー　（急ぎ足で入ってきて、父を見て）あれ！
父　やあ、ヴェルナー。
ヴェルナー　お帰んなさい。旅行、楽しかった？
父　まあな！（自分ではそれと気付かずに両手をこする）楽しかった、うん、楽しかった、とても楽しかった、たぶん。
ヴェルナー　ぼくに話？
父　おまえに？　いや何もない。じゃあわたしはこれで。（ドアのところで）ヨハンナ、提案は撤回しないよ。

彼は出て行く。

第四場

ヨハンナ、ヴェルナー

ヴェルナー　提案って？
ヨハンナ　あとで教えてあげる。
ヴェルナー　何やってんだ、ここまで来て。ちょっかい出されるの嫌だな。（彼はシャンパンのボトルとグラス二個を戸棚へ取りに行き、グラスを机に置き、ボトルの栓を抜き始める）シャンパンは？
ヨハンナ　いらない。
ヴェルナー　そうか。じゃあ、ひとりで飲むよ。

ヨハンナはグラスをどかす。

ヨハンナ　今夜はだめ。あなたが必要なの。
ヴェルナー　こいつは驚いた。（彼は彼女を見つめる。急に）だからって、飲んじゃダメってことはないだろ。（彼は栓を飛ばす。ヨハンナは軽い叫び声をあげる。ヴェルナーは笑い始め、二つのグラスに注いで、彼女を見る）なんだ、怖いのか！

ヨハンナ　神経にさわるのよ。
ヴェルナー　（一種、満足気に）怖いんだ。（間）誰が？　お父さん？
ヨハンナ　それもある。
ヴェルナー　守って欲しいのか？（冷笑しながら、しかしそれまでよりも少しくつろいで）役目が逆転だ。（彼はグラスを一気に飲み干す）どんな悩み？　話してごらんよ。（沈黙）そんなにむずかしいのかい？　おいでよ！（彼女は動かない。彼は彼女を引き寄せるが、彼女はこわばっている）こうするといい。（彼はほとんど力ずくでヨハンナの頭を自分の肩へ傾けさせる。間。彼は鏡に映った自分の姿を見て、微笑む）秩序は回復した。（ごく軽い沈黙）何か言えよ。
ヨハンナ　（頭をあげて彼を見る）フランツに会ったの。
ヴェルナー　（怒って彼女を突き放す）フランツ！（彼は彼女に背を向け、机へ行き、シャンパンを注ぎ、ゆっくりと一口飲み、彼女のほうへ振り向き、落ち着いて、微笑みながら）そりゃあ良かった！　これで家族全員と知り合いだ。（彼女は彼を当惑して見つめる）どうだった、兄貴？　がっしりしてるだろう？（あいかわらず茫然自失しながら、彼女は首を振って否定する）おや！（愉快そうに）おや！　おや！　虚弱だったか？（彼女は話すのに難儀する）どうなんだ？
ヨハンナ　あなたのほうが背が高い。
ヴェルナー　（同じ演技）は！　は！（間）美しい軍服は？　今も着てるのか？
ヨハンナ　もう美しくはなかったわ。

ヴェルナー　ぼろ着か？　どうなんだ、あの可哀想なフランツは、廃人だろう。（ヨハンナのひきつった沈黙。彼はグラスを取る）兄貴の全快を祈って。（彼はグラスをあげ、それから、ヨハンナの手が空っぽなのに気付き、グラスを取りに行き、それを差し出す）乾杯しよう！（彼女はためらう。彼は威圧的に）取れよ。

彼女は硬くなり、グラスを取る。

ヨハンナ　（挑むように）フランツに乾杯！

彼女はグラスをヴェルナーのグラスと合わせようとする。ヴェルナーは自分のグラスを勢いよく引っ込める。二人は当惑しながらひとときお互いに見つめ合う。それからヴェルナーは笑い弾け、グラスの中身を床にぶちまける。

ヴェルナー　（快活な激しさで）嘘だ！　でたらめだ！（ヨハンナの驚愕。彼は彼女のほうへ行く）兄貴には会っていない。欺《だま》されるもんか。（鼻先で笑いながら）錠前は？　鉄のかんぬきは？　合図があるんだ、それを知らなきゃな。

ヨハンナ　（彼女は冷ややかな様子を取り戻す）合図なら知ってる。

ヴェルナー　（あいかわらず笑いながら）知ってるって、どうやって？　レニから聞いたな！

ヨハンナ　お父様から。
ヴェルナー　（打たれて）ん！（長い沈黙。彼は机のところへ行き、グラスを置いて考えこむ。彼はヨハンナのほうへ振り向く。快活な様子を保ってはいたが、自分を律するのに多大な努力を払っているように感じられる）そりゃあ、そういうことだってあるかもしれない。（間）タダで何かをするような人じゃない。どういういいことがあるんだろうな、お父さんに？
ヨハンナ　わたしも知りたいわ。
ヴェルナー　さっき言ってた提案って、あれ何？
ヨハンナ　フランツがお父様に会ってもいいって言えば、お父様はあなたの誓いを解くの。
ヴェルナー　（彼は陰鬱になり不信感を持つ。不信感は次の応答のあいだ増大する）面会……フランツはそれを許すのか？
ヨハンナ　（確信して）ええ。
ヴェルナー　そのあとは？
ヨハンナ　何も。わたしたちは自由になるの。
ヴェルナー　自由？　何をするための？
ヨハンナ　出て行くための。
ヴェルナー　（そっけない厳しい笑い）ハンブルクへ？
ヨハンナ　好きなところへよ。

ヴェルナー　（同じ演技）やるなあ！（厳しい笑い）まいった。こんな見事な一発を食らったのは生まれて初めてだ。
ヨハンナ　（あっけにとられて）ヴェルナー、お父様はこれっぽっちも考えていないのよ……
ヴェルナー　弟のことなんかね？　もちろん考えていない。フランツがぼくのデスクを取り、ぼくの椅子に座り、ぼくのシャンパンを飲む。牡蠣殻をぼくのベッドの下に投げ入れる。それ以外、誰がぼくのことを考える？　ぼくなんて、数に入らないだろう？（間）爺さん、考えを変えたな。そういうことか。
ヨハンナ　あなたって、何も分かっていないのね？
ヴェルナー　分かってるさ、会社のトップに兄貴を据えるんだ。ほかにも分かっていることはある。きみはあいつらのために、思慮深く仲介者の役割を果たした。この家からぼくを引き離すことさえできれば、ぼくが足蹴《あしげ》にされようときみにはどうだっていい。（ヨハンナは彼を冷たく見る。彼女は彼に言わせておき、自己弁護をしようともしない）弁護士のキャリアを壊されて、このおぞましい屋敷のなかで監視されながら暮らしている。子供時代の懐かしい思い出に囲まれて。ところがある日、放蕩息子が自分の部屋から出ることに同意し、みんなは肥えた子牛を屠《ほふ》って▼宴会を開き、ぼくは家の外へ放り出され、妻を始めとする全員が満足する！　すばらしい物語だ、違うか？　きみはそれをハンブルクで吹聴する。（彼は机のところへ行き、グラスにシャンパンを注いで

▼「ルカによる福音書」15:11-32。放蕩息子のたとえ話。TC

飲む。彼の酔いは——軽いが酔っていることははっきり分かる——第三幕終わりまで増大し続ける）荷造りは、そりゃまあやっぱり少しは待った方がいい。だって、そうだろう、されるがままでいいのか、って思うよな。（強く）ぼくには会社がある、手放すものか。みんなにぼくの真価を分からせてやる。（彼は机のところへ座りに行く。静かな、恨みがましい声で、すこし尊大なそぶりも見せて）今はそっとしておいてくれ。よく考えてみなきゃな。

間。

ヨハンナ　（慌てずに、冷たく落ち着いた声で）会社の問題じゃないの。あなたと争う人はいない。

ヴェルナー　父親とその息子以外はね。

ヨハンナ　フランツは会社の経営はしないのよ。

ヴェルナー　理由は？

ヨハンナ　そうしたくないから。

ヴェルナー　いいいい、したくないのか、できないのか？

ヨハンナ　（いやいやながら）両方。（間）お父様も知ってる。

ヴェルナー　それで？

ヨハンナ　亡くなる前にひと目フランツに会いたがってる。

ヴェルナー　（すこし安堵して、しかし不信感をみせて）怪しいね。

ヨハンナ　とても。でもあなたとは関係ないわ。

　ヴェルナーは立ち上がり彼女のところまで行く。彼は彼女の目を見つめる。彼女はその眼差しに耐える。

ヴェルナー　きみを信じるよ。（彼は飲む。ヨハンナは苛々と顔をそむける）能なし！（彼は笑う）ちびで痩せぎす。日曜日、お父さんは悪い脂肪分のことを話していた。

ヨハンナ　（勢いよく）フランツはガリガリに痩せてる。

ヴェルナー　すこし腹が出ている。囚人はみんなそうだ。（彼は鏡で自分の姿を見、ほとんど無意識に胸を張る）能なし。ぼろ着。半分狂っている。（ヨハンナのほうへ振り向く）会ったのは……ときどき？

ヨハンナ　毎日。

ヴェルナー　何を話題にするんだろうな。（新たに確信に満ちて歩く）「どんな家族にもゴミがいる」▼誰の言葉か忘れた。ひどいな、だが、本当だ、え？　ただこれまでは、ゴミはこのぼくだと思っていた。（両手をヨハンナの肩に置いて）ありがとう、きみのお蔭で解放された。（彼はグラスを取りに行く。彼女は彼を引き留める）きみの言うとおりだ。シャンパンはもういい！（彼は片手で二個のグラスを一掃する。グラスは落ちて割れる）ボトルは兄貴に届けてくれ、弟から

▼ナチが収容所の囚人に浴びせていた言葉のひとつ。ベケットは『エンド・ゲーム』(1956) でこれを文字通りに取り、［父母である］ナグとネルをゴミ箱に入れる。　TC

ヨハンナ　といって。（彼は笑う）きみはもうフランツには会わない。禁止だ。
ヴェルナー　（あいかわらず冷たく）いいわよ。その代わり、わたしをここから連れ出して。
ヨハンナ　言ってるだろう、きみはぼくを解放した。今まで勘違いをしていた。これからは全てうまくいく。
ヴェルナー　わたしはそうじゃない。
ヨハンナ　違うのか？（彼は彼女を見つめる。彼の顔つきは変わり、肩は軽く曲がる）たとえぼくが生き方を変え、全員を屈服させても？
ヴェルナー　それでも。
ヨハンナ　（急に）おまえたち、寝たな！（乾いた笑い）正直に言え、恨んだりはしない。兄貴が口笛を吹くだけで、女たちは仰向けにひっくり返る。（彼は彼女を意地悪な様子で見る）質問したんだぞ。
ヴェルナー　（とても厳しく）むりに言わせると許さないわよ。
ヨハンナ　許さなくてもいい、答えろ。
ヴェルナー　いやです。
ヨハンナ　寝てはいない。いいだろう！　だがやりたくてたまらない。
ヴェルナー　（怒りはしないが一種の憎しみをこめて）いやらしい。
ヨハンナ　（微笑みながら意地悪く）ぼくはゲアラッハの人間だ。答えろ。
ヴェルナー　いいえ。
ヨハンナ　一体何が怖い？

ヨハンナ　（あいかわらず冷たく）あなたに会う前、死と狂気がわたしを引き寄せていた。それがまた始まるの、あそこで。わたしは嫌。（間）あの人の蟹をわたしはあの人以上に信じている。
ヴェルナー　兄貴を愛しているからだ。
ヨハンナ　蟹たちが本当だからよ。狂った人は真実を語るのよ、ヴェルナー。
ヴェルナー　だよな。真実って、どんな？
ヨハンナ　真実はひとつしかない。生きることはおぞましい。（再び熱を見出して）嫌よ！　嫌！　わたしは自分に嘘をついているほうがいい。わたしを愛しているなら、助けて。（身振りで天井を示しながら）あれがかぶさってきてわたしを押しつぶす。わたしを連れて行って、何もかもみんなのもので、みんなが嘘をつき合っている、そんな町に。風の吹いている町。遠くから吹いてくる風。わたしたちはもう一度お互いを見出すのよ、ヴェルナー、誓うわ！
ヴェルナー　（急に野蛮な荒々しさで）もう一度？　ってことは、一度きみを失ったのか。失うもなにも、ヨハンナ、きみを所有したってことが一度もない。ほっといてくれ！　きみの願いに用はない。ぼくは偽物の商品をつかまされた！　ぼくが望んだのはひとりの女。ところが手にしたのはその屍だ。きみが狂ったとしたら気の毒だが、それも仕方ない。ぼくたちはここに残る！（彼は真似をする）「わたしを守って！　わたしを助けて！」どうやって？　逃げるのか？（彼は自分を律する。意地悪な冷たい微笑）ついカッとなった。ごめん。きみはこれからも頑張って良き妻でいてくれ。それがきみの人生の役目だ。喜びは全てきみのものだ。（間）どこまで行けばきみは兄貴を忘れる？ どこまで逃げればいい？ 列車、飛行機、船。ごたごたがいろいろあって、疲れ果てるだろうな！ きみはその全部を、空っぽのその眼で見るだろう。きみは贅沢な被災者のまま何も変わらない。ぼくは？ きみは考えてくれたことがあっただろうか、その間ぼくは何を思うんだろうって？ 自分は負け犬だと始めから宣言し、指一本上げもせず逃げてしまった、そう思うかもな。卑怯者、え、卑怯者。そんなふうにしてきみはぼくを愛する。きみはぼくを慰める。母親のように。（力をこめて）ぼくたちはここに残る！ 三人のうちひとりがくたばるまで。きみか、兄貴か、ぼくか。

ヨハンナ　そんなに嫌いなの、わたしのこと！

ヴェルナー　きみを征服したあとで、きみを好きになる。ぼくは戦う。心配するな。（彼は笑う）ぼくは勝つ。きみたち女が愛しているのは力だけだ。力、それを持っているのはこのぼくだ。

彼は彼女の胴を抱き乱暴にキスする。彼女は彼を拳で叩き、身をふりほどいて、笑い始める。

ヨハンナ　（ゲラゲラ笑いながら）ちょっと！　ヴェルナー、あの人は噛みつくとでも思っているの？

ヴェルナー　誰が？　フランツが？

ヨハンナ　あなたがそっくりになろうとしている酔っ払い。（間）ここに残るのなら、わたしはあなたの兄さんのところへ毎日行くわよ。

ヴェルナー　だろうな。そして夜はぼくのベッドで過ごす。（彼は笑う）比べることができるぞ。

ヨハンナ　（ゆっくりと悲しげに）かわいそうなヴェルナー！

彼女はドアの方へ行く。

ヴェルナー　（急に途方に暮れて）どこへ行く？

ヨハンナ　（意地悪な笑いとともに）比べに行くのよ。

彼女はドアを開け、出て行く。彼は彼女を引き留めるための仕草をひとつもしない。

第三幕　終

第四幕

フランツの部屋。第二幕と同じ舞台装置。だが貼り紙は全て無くなっている。床にはもう貝殻はない。テーブルにはデスク・ランプ。ひとつだけ、ヒトラーの肖像が残っている。

第一場

フランツ　（ひとり）仮面をつけた天井の住人よ、よく聞け！　仮面をつけた天井の住人よ、よく聞け！（沈黙。天井へ向いて）どうした？（口をひらかず不明瞭に）気配を感じない。（力をこめて）同士諸君！　同士諸君！　ドイツがきみたちに語っている。、殉教者のドイツが！（間。意気阻喪して）聴衆は凍りついている。（彼は立ち上がり歩く）変な感じだ、だが確かめられない。〈歴史〉は今夜止まる。唐突に！　地球の爆発がセットされている。学者たちがスイッチに指をかけている。さらば！（間）とはいえ、知りたいものだ、人類が生き延びた暁《あかつき》にはいったいどうなっているのか。（苛々し、ほとんど暴力的に）おれはやつらの気に入るように娼婦を演じている、だがやつらは聞いてさえいない。（熱っぽく）親愛なる聴衆の諸君、お願いだ、きみたちに耳を傾けてもらえなかったら、きみたちが偽りの証人どもにたぶらかされてしまったら……（急に）待ってくれ！（彼はポケットのなかを探る）悪者はここだ。（彼は、革の端っこを嫌悪をこめてつまみながら腕時計を取り出す）プレゼントをもらった、この獣、間違いだった、こんなはしたないものを受け取るとは。（彼はそれを見つめる）十五分！　十五分遅刻だ！　許せない。ぶっ壊してやる、この時計。（彼はそれを腕につける）十五分！　すでにもう十六分。

(怒りを爆発させて) 時間にちくちく刺されながら何世紀も続く忍耐を保っていられるか? ろくなことにならない。(間) おれは開けない。それだけだ。二時間たっぷりドア口で待たせてやる。

ノックが三回。彼は急いで開けに行く。

第二場

フランツ、ヨハンナ

フランツ　（ヨハンナを入れるために下がりながら）十七分！

彼は指で腕時計を示す。

ヨハンナ　え？
フランツ　（音声時計の声で）四時十七分三十秒。持って来てくれた、ヴェルナーの写真？（間）どうなの？
ヨハンナ　（ぶっきらぼうに）持って来た。
フランツ　見せて。
ヨハンナ　（同じ演技）どうするつもり？
フランツ　（ぶしつけな笑い）どうするも何も、写真だろ？
ヨハンナ　（躊躇したあと）これ。
フランツ　（写真を見ながら）なるほど、これじゃ会っても分からないな。いい体格してる！やるじゃないか！（彼は写真をポケットに入れる）みなし児はどうしてる？

ヨハンナ　（当惑して）みなし児？

フランツ　ちょっとほら！　デュッセルドルフの。

ヨハンナ　ああ、あれ……（急に）死んだわ。

フランツ　（天井へ向かって）〈蟹〉たちよ、七百人。七百人の哀れな子供が火もなく住むところもなく……（彼は止める）みなし児なんてどうでもいい。さっさと埋めればいいんだ！　さっぱりする。（間）これだよ！　あなたのせいでぼくはこうなった。無能なドイツ人。

ヨハンナ　わたしのせい？

フランツ　知っておくべきだった、こいつのせいで何もかも乱れてしまう。この部屋から時間を追い出すのに五年かかった。それをあなたは一瞬で連れ戻した。（彼は腕時計を示す）手首に巻きついてコチコチ鳴っているこの愛らしい獣、レニのノックが聞こえると、ぼくはこいつをポケットに突っ込む。こいつは一般的な時間だ、音声時計の時間、時刻表と天文台の時間。それをぼくにどうしろと言うんだ？　一般的ですかね、ぼく？（時計を見ながら）このプレゼントは怪しい。

ヨハンナ　じゃあ、返して！

フランツ　とんでもない！　いただいておきます。ただ、どうしてぼくに贈り物をしたのか、それが不思議だ。

ヨハンナ　それはわたしが生きているから、あなたが生きていたのと同じように。

フランツ　生きるって何なんでしょうね？　あなたを待つこと？　千年経過する間、ぼくは何も待っていなかった。このランプは消えない。レニは好きなときにやって来る。ぼくは眠くなると気の向くままに眠った。一言で言えば、ぼくは一度も時刻を知らなかった。（むっとして）今では、昼がきては肘で小突き、夜がきては肘で小突く。（時計を一瞥する）四時二十五分。影は長くなり、昼は萎《しお》れる。午後は嫌いだ。あなたが出て行くと夜になる。ここは明るくて煌《こう》々《こう》としている！　そしてぼくは怖くなる。（急に）あの可哀想な子供たち、埋めるのはいつ？

ヨハンナ　月曜、だと思うけど。

フランツ　廃墟と化した教会で、夜空の下、燦然《さんぜん》と蠟燭《ろうそく》をともし、お通夜をしなくては。ぼろを着た群衆に見守られ、七百の小さな棺！（彼は彼女を見る）化粧をしていない？

ヨハンナ　見てのとおりよ。

フランツ　するのを忘れた？

ヨハンナ　ううん。来るつもりなかったから。

フランツ　（激しく）何だと？

ヨハンナ　今日はヴェルナーの日。（間）そうでしょ。土曜。

フランツ　昼は要《い》らないだろ、あいつ、夜を全部持っているんだから。土曜？……

ヨハンナ　ああ。休みか。*（間）そして日曜もなんだな、当然！
フランツ　当然よ！
　ってことで、今日は土曜、と。ところが時計はそれを言ってくれない。日付入りの手帖ももらわないと。（彼は少し冷笑し、それから急に）あなたなしで二日？　むりだ。
ヨハンナ　夫婦で一緒に過ごせる時間って土日しかないの、それをわたしが夫から取り上げるとでも思ってる？
フランツ　そう思っちゃだめですか？（彼女はそれに答えずに笑う）あいつにはあなたといる権利がある？　残念ながら、その権利はぼくにもあるんですよ。
ヨハンナ　（一種暴力的に）あなたに？　ありゃしないわよ、そんなもの。これっぽっちも！
フランツ　ぼくのほうからあなたに会いに行ったんですか？（叫びながら）いつになったら分かる、こうやってちまちま待っていたのでは仕事にならない。〈蟹〉はうろたえている。不信感を抱いている。偽りの証人が勝ちほこる。（侮辱するように）デリラ！*
ヨハンナ　（意地悪な笑いを弾けさせ）ぷっ！（彼女は彼のほうへ行き、横柄に彼を見る）じゃ、ここにいるのはサムソン？（再び、さらに強く笑いながら）サムソン！　サムソン！（笑い止めて）サムソンってもっと違う人かと思ってた。
フランツ　（堂々と）サムソンはわたしだ。わたしは諸世紀を担《にな》っている。もし身を起

*ヴェルナーは土曜が休みである。多くのフランス人は土曜も働いていた。「休み」とした« semaine anglaise »は土曜を半日、もしくは全日、休みにすること。

*『旧約聖書』、「士師記」、第十六章にあるサムソンとデリラの逸話。サムソンの妻デリラは、夫から、その剛力は髪の毛を剃り落としたら失われると聞き出し、彼の七房の髪を切り、力を

こせば、諸世紀はがらがらと崩れ落ちる。（間。自然な声、苦い皮肉）それにサムソンは可哀想な男だった、そうに違いない。（彼は部屋を横切って歩く）依存している！（沈黙。彼は座る）あなたといると気詰まりだ。

間。

ヨハンナ　これからは気楽よ。
フランツ　何かしたのか？
ヨハンナ　全部ヴェルナーに話した。
フランツ　ほお！　どうして？
ヨハンナ　（苦い口調で）どうしてかな。
フランツ　あいつ、きちんと受け止めた？
ヨハンナ　悪く受け取った。
フランツ　（不安になり、神経質に）じゃあ出て行くのか、あいつは？　あなたを連れて？
ヨハンナ　あの人はここに残る。
フランツ　（晴れ晴れとして）万事順調だ。（彼は両手をこする）万事順調。
ヨハンナ　（苦い皮肉）わたしのこと、そうやってじーっと見てるのね！　何が見えているの？（彼女は近づき、両手で彼の頭をはさみ、むりやり彼女を見せる）見なさい、

無くした彼をペリシテ人へ渡した。彼は両目をえぐられ、ガザへ引いて行かれ、青銅の足かせにつながれ、獄屋のなかで臼をひいた。

フランツ　わたしを。そう。こうやって。言いなさいよ、万事順調って。（彼は彼女を見、逃れる）見える、見える！　ハンブルクを恋しがっている。安楽な生活。男たちの称賛と欲望。（肩をすくめて）それがあなたの関心事だ。

ヨハンナ　（悲しげに厳しく）サムソンはみじめな男に過ぎなかった。

フランツ　そう。そう。そう。そう。みじめな男。

彼は斜め歩きし始める。

ヨハンナ　何してるの？

フランツ　（ごつごつした深い声で）蟹だよ。（自分で言ったことに愕然として）え、何？（ヨハンナのほうへ戻り、自然な声で）みじめって、どうして？

ヨハンナ　何も分かっていないから。（間）わたしたちは地獄を堪え忍ぶことになる。

フランツ　わたしたちって？

ヨハンナ　ヴェルナーとあなたとわたし。（短い沈黙）あの人が残るのは嫉妬のせいよ。

フランツ　（びっくりして）何だって？

ヨハンナ　嫉妬。分かる？（間。肩をすくめ）嫉妬が何かも知らないのね。（フランツの笑い）あの人はね、ここに毎日わたしを寄こす、日曜も。そして自分自身を苦しめる、造船所で、社長机に向かいながら。夜になると、わたしはそ

フランツ　の代償を支払う。

フランツ　(心から驚いて)それは悪かった。だけど嫉妬って誰に？(彼女は肩をすくめる。彼は写真を取り出しそれを見つめる)ぼくに？(間)ちゃんと言った？……ぼくがどうなっているか？

ヨハンナ　言ったわ。

フランツ　そう、それで？

ヨハンナ　それで妬《や》いているの。

フランツ　退廃的だな！　ぼくは病人だ、たぶん頭がおかしい。そして身を隠している。戦争がぼくを壊した。

ヨハンナ　でもあなたの傲慢さは壊れていない。

フランツ　そんなことでぼくに嫉妬するのか？

ヨハンナ　そうよ。

フランツ　伝えてくれ、ぼくの傲慢さは粉々になっている。自分を守るために虚勢を張っているだけだ、って。いや、もっと、ぐっとへりくだろう。ヴェルナーに言ってくれ、ぼくは嫉妬しているって。

ヨハンナ　嫉妬って、あの人に？

フランツ　あいつの自由に、筋肉に、微笑みに、妻に、疚《やま》しさのない人生に。(間)どうです？　あいつの自尊心をくすぐるでしょう！

ヨハンナ　信じてくれないわ。

フランツ　それは残念。（間）で、あなたは？
ヨハンナ　わたし？
フランツ　あなたは信じるんですか、ぼくの言うこと？
ヨハンナ　（確信がもてず、苛々と）いいえ。
フランツ　実はおしゃべりなやつがいてね。いろいろと教えてくれたよ。あなたの私生活のこと。一分刻みですべて承知しています。
ヨハンナ　（肩をすくめ）レニは嘘をついているのよ。
フランツ　レニはあなたの話はしない。（腕時計を指し示して）こいつですよ、おしゃべりは。何でもしゃべる。あなたが出て行くとすぐ、ぺちゃくちゃぺちゃくちゃ。八時半、家族そろって夕食。十時、各自部屋にさがり、夫とさしむかい。十一時、夜のお化粧。ヴェルナーは就寝。妻は入浴。真夜中、あなたは弟のベッドに入る。
ヨハンナ　（横柄な笑い）あの人のベッド。（間）いいえ。
フランツ　ツインなんだ？
ヨハンナ　そうよ。
フランツ　じゃあどこで愛し合う？
ヨハンナ　（激怒して横柄に）そのときどきで、どちらかのベッドでよ。
フランツ　（不満な唸り声で）ぶぅ！（彼は写真を見る）八〇キロ！　あんた潰《つぶ》されるね、スポーツマン！　そういうのが好きなんだ？

ヨハンナ　貧相な男よりかは。だからあの人を選んだ。
フランツ　（彼は不満の唸り声をだしながら写真を見、それからポケットにしまう）六十時間、眼を閉じていない。
ヨハンナ　どうして？
フランツ　ぼくが眠っている間にあいつと寝たりしないようにだ！
ヨハンナ　（素っ気ない笑い）だったら、この先もずっと眠らないでいれば！
フランツ　そうするつもりだ。今夜あいつに抱かれるとき、あなたは知っている、ぼくに見張られているって。
ヨハンナ　（激しく）その汚らしい孤独な快楽はお預けよ。眠れば今夜は。あの人わたしには触らないから。
フランツ　（当惑して）ああ！
ヨハンナ　がっかりした？
フランツ　べつに。
ヨハンナ　あの人にはもう触らせない、あの人のせいでこの家に残る限り。（間）あの人が何を想像しているか分かる？　わたしを誘惑したと思っているのよ！（侮辱的に）あなたがよ！（間）あなたたち、そっくりね！
フランツ　（写真を見せながら）そんなことはない。
ヨハンナ　そっくりよ。ふたりのゲアラッハ。観念的な人間、幻を見る兄弟！　わたしは何、このわたしは？　無だわ。拷問の道具。わたしの上で、兄は弟の、弟は兄の愛撫を探している。（彼女はフランツに近づいて）見て、この体。（彼女は彼の手（片手）を取り、彼女の肩にむりやり置かせる）以前、男たちと暮らしていたとき、わたしを欲情するのに誰も黒ミサなんて必要としなかった。（彼女は遠ざかり彼を押しのける。間。急に）お父様、お話がしたいって。

フランツ　（淡々とした口調）へえ！

ヨハンナ　もし会ってくれたら、ヴェルナーの誓いを解いてくれるの。

フランツ　（落ち着いて淡々と）そのあとは？　ここを出ていく？

ヨハンナ　それはヴェルナー次第。

フランツ　（同じ演技）その面会、あなたは望んでいるんですか？

ヨハンナ　ええ。

フランツ　（同じ演技）ぼくはあなたにに会うのを諦めなくてはならない？

ヨハンナ　もちろん。

フランツ　（同じ演技）ぼくはどうなる？

ヨハンナ　あなたの〈永遠〉のなかへ戻る。

フランツ　そうか。（間）おやじに言ってくれ……

ヨハンナ　（急に）いやよ！

フランツ　え？

ヨハンナ　（熱っぽい激しさで）いやよ！　何も言わない。

フランツ　（自分は勝ったと感じ、無感動に）返事を伝えなくては。

ヨハンナ　（同じ演技）わたしに言っても無駄。伝えないんだから。
フランツ　じゃどうして向こうの要求を伝えた？
ヨハンナ　心ならずもよ。
フランツ　心ならずも？
ヨハンナ　（小さな笑い、まだ憎しみを湛えた眼差しで）本当はわたし、あなたを殺したかったの。
フランツ　（とても愛想良く）ふうん！　ずっと前から？
ヨハンナ　五分前から。
フランツ　もう終わった？
ヨハンナ　（微笑みながら落ち着いて）まだよ。ずたずたにしてやりたいわ、この顔。（彼女は両手で彼の顔に爪をたてる。彼はされるがままである）こうやって。

彼女は両手を垂らし、遠ざかる。

フランツ　（相変わらず愛想良く）五分！　運のいい人だ。ぼくのほうは、きみを殺したいという気持ちが一晩中続く。

沈黙。彼女はベッドに座り、宙を見つめる。

ヨハンナ　（自分自身に）わたしはもう出て行かない。
フランツ　（彼女を注意深く見張って）もう決して？
ヨハンナ　（彼を見ずに）もう決して。

彼女の錯乱した小さな笑い。彼女は両手を開く、まるで物を取り落とすかのように。そして自分の足もとをじっと見る。フランツは彼女を観察し、態度を変える。彼は第二幕と同じように偏執狂的で堅苦しくなる。

フランツ　ではわたしと一緒にいたまえ。ずっと。
ヨハンナ　この部屋に？
フランツ　そう。
ヨハンナ　一歩も出ずに？（フランツは頷く）監禁？
フランツ　そう。（彼は歩きながらしゃべる。ヨハンナは彼を目で追う。彼が話すにつれて、彼女は自分を取り戻し、冷徹になる。フランツはただひたすら狂乱を守ろうとしているだけだと彼女は理解する）十二年間、頂《いただき》にかぶさる氷の屋根の上でわたしは生きてきた。蟻のようにひしめく安物のガラス玉▼を夜のなかへ落としながら。
ヨハンナ　（すでに疑わしげに）何、ガラス玉って？
フランツ　世界だ、あなたが生きている世界。（間）この罪深い粗悪品は息を吹き返す。あなたによって。あなたがわたしのもとを去っても、この粗悪品がわ

▼ニーチェ的態度。『人間的な、あまりに人間的な』の蟻−人間のメタファー：「旅人とその影」（§十四、十六、一八九）および、

たしを取り巻く。なぜならあなたがその中にいるからだ。ザクセン・スイス*のふもとであなたはわたしを踏みつぶす。わたしは狩猟小屋にこもり、海の上五メートルのところをふらふら漂う。浴槽のなかであなたの肉のまわりにもう一度水が生まれる。今、エルベ河は流れゆき、草は伸びる。女は裏切り者だ。

ヨハンナ　（陰鬱で、厳しく）裏切るとしても、あなたをじゃない。

フランツ　わたしをだ！　わたしもだ、二重スパイ！　あなたは二十四時間のうちの二十時間、わたしの靴の下で、他《ほか》のみんなと一緒に物を見、感じ、考える。あなたはわたしを俗物の法則に従わせる。（間）鍵を掛け、あなたを閉じ込めてしまえば、そこにあるのは完璧な静寂だ。世界は深淵へ舞い戻り、あなたはありのままのあなたでしかなくなる。（彼女を指しながら）それだ！　〈蟹〉たちの信頼は回復し、わたしは彼らに話しかけるだろう。

ヨハンナ　（皮肉に）たまにはわたしにも話しかけてくれるの？

フランツ　（天井を示しながら）我々はふたりで彼らに話しかける。（ヨハンナは大笑いしだす。彼は彼女を当惑して見る）断るのか？

ヨハンナ　断るって何を？　あなたはわたしに悪夢を語っている。わたしはそれを聞いている。たんにそれだけよ。

フランツ　ヴェルナーと別れる気はない？

ヨハンナ　そう言ったでしょ。

『ツァラトゥストラはこう語った』（ツァラトゥストラは山に住む、山頂の存在である）。　TC

＊エルベ川沿いの、ドレスデンからチェコ国境に至るドイツの山岳地帯のこと。

フランツ　だったら、わたしと別れればいい。旦那の写真だ。（彼は彼女にそれを渡し、彼女はそれを受け取る）時計は〈永遠〉のなかへはいる、今からちょうど四秒後。（彼は腕時計をはずし文字盤を見る）こうだ！（彼はそれを床に投げつける）これからはつねに四時半。あなたとの思い出に。ごきげんよう。（彼はドアのところへ行き、錠をはずし、棒をあげる。長い沈黙。彼はお辞儀し、彼女にドアを示す。彼女は慌てずに入り口まで行き、錠を掛け、棒を下ろす。次いで彼のところへ戻る、静かに、微笑みはなく、真の威厳をもって）なるほど！（間）これからどうする？

ヨハンナ　月曜からしていること。行ったり来たり。

身振り。

フランツ　もし開けなかったら？

ヨハンナ　（落ち着いて）あなたは開ける。

フランツは身をかがめ、時計を拾い、耳に当てる。彼の顔と声が変わる。彼は、一種、熱を帯びて話す。この応答以降、ひととき、ふたりの間に真の共犯関係が確立する。

フランツ　運がいい。動いてる。（彼は文字盤を見る）四時三十一分。〈永遠〉プラス一分。回れ、回れ、針たち。生きなくてはならない。（ヨハンナに）どうやって？

ヨハンナ　知らない。

フランツ　ぼくたちは三人のすさまじい狂人になる。

ヨハンナ　四人よ。

フランツ　四人？

ヨハンナ　お父様に会うのを断ったら、お父様はレニに話す。

フランツ　やりかねない人だ。

ヨハンナ　そしたらどうなる？

フランツ　レニは込み入ったことは嫌いだ。

ヨハンナ　それで？

フランツ　ことを単純にする。

ヨハンナ　（フランツのテーブルの上に置いてある拳銃を手に取って）これで？

フランツ　それで、あるいは別のやり方で。

ヨハンナ　こういうとき女は女に向かって引き金を引く。

フランツ　レニは半分しか女じゃない。

ヨハンナ　死ぬのは嫌？

フランツ　正直、嫌だ。（天井へ身振り）蟹たちに分かってもらえる言葉がみつからなかった。あなたは？
ヨハンナ　ヴェルナーだけ残るのは嫌。
フランツ　（小さく笑って、断定的に）我々は死ぬことも生きることもできない。▼
ヨハンナ　（同じ演技）会うことも別れることも。
フランツ　我々は奇妙に行き詰まっている。

彼は座る。

ヨハンナ　奇妙に。

彼女はベッドに座る。沈黙。フランツはヨハンナに背を向け、ふたつの貝殻を擦り合わせる。

フランツ　（ヨハンナに背を向けて）出口が必要だ。
ヨハンナ　出口はない。
フランツ　（強く）出口がなければならない！（彼は貝殻を偏執狂的な、絶望的な荒々しさでこする）え、何？
ヨハンナ　それ［＝貝殻］やめてくれない。がまんできないの。
フランツ　黙れ！（彼は貝殻をヒトラーの肖像へ投げつける）頑張っているんだ。（彼は彼女

▼オウィディウスのパロディー。「あなたと一緒でもあなたなしでもわたしは生きることができない」（『愛の技法』）。これは神経症的恋愛の言葉であり、また文学的トポスでもある。　TC

のほうへ半分身をよじり、震えている両手を見せる）何が怖いか、わかる？

ヨハンナ　出口？（フランツは肯定する仕草、あいかわらず引きつっている）どんな？

フランツ　焦《あせ》るな。（彼は立ち上がり、動揺しながら歩く）急《せ》かすな。すべての道は封鎖されている。どんなに小さな悪の道も。だがひとつだけ残っている、決して封鎖されない道、というのもそれは使えない道だからだ。最悪の道。ぼくたちはその道をゆく。

ヨハンナ　（叫んで）いいえ！

フランツ　ちゃんと知ってるじゃないか、どんな出口か。

ヨハンナ　（情熱的に）わたしたちは幸せだった。

フランツ　地獄で？

ヨハンナ　（彼女は情熱的に続ける）地獄で幸せ。そう。あなたも、わたしも、そのつもりじゃないのに。お願い、このままでいましょう。待ちましょう、何も言わず、何もせずに。（彼女は彼の腕を取る）変わらずにいましょうよ。

フランツ　ほかのみんなは変わる、ヨハンナ、そしてぼくたちも変えてしまう。（間）どうなんだ、レニはぼくたちを生かしておくのか？

ヨハンナ　（激しく）レニはまかせて。いざというときは、最初にわたしが撃つ。

フランツ　レニは脇にどけとこう。こうしてぼくたちはふたりきり、向かい合っている。すると何が起こる？

ヨハンナ　（同じ情熱をもって）何も起こらない！　何も変わらない！　わたしたちは

フランツ　……

ヨハンナ　あなたはぼくを破壊する。

フランツ　（同じ演技）そんなこと絶対にない！

ヨハンナ　あなたはぼくをゆっくりと破壊する。確実に。そこにあなたがいるだけで。もうすでにぼくの狂気は傷《いた》み始めている。ヨハンナ、狂気はぼくの避難所だった。もしぼくが光を見たら、ぼくは一体どうなる？

フランツ　（同じ演技）あなたは治る。

ヨハンナ　（短い激発）は！（間。厳しい笑い）呆《ぼ》けるだけだ。

フランツ　わたしはあなたを苦しめたりしない。治そうとも思わない。あなたの狂気、それはわたしの檻。わたしはそのなかでぐるぐる回っている。

ヨハンナ　（苦く悲しい優しさとともに）回っている？　リスのように？　リスには丈夫な歯がある。檻の格子を噛み切る。

フランツ　違う！　そんなこと望まない。わたしはあなたのどんな気まぐれにも付き合う。

ヨハンナ　それはそうだ。でも見え透いている。あなたは嘘をつきながら本当のことを言っている。

フランツ　（ひきつって）嘘なんて一度もついてない！

ヨハンナ　それしかしていない。寛大に。心正しく。勇敢な兵士のように。ただし嘘をつくのがとても下手だ。嘘を上手につきたいのなら、まず自分そのものを嘘にするんだ。ぼくがそれだ。あなたは真実だ。あなたを見ると、真実はあるってことが分かる。そして、真実はぼくの側にはない、ということも分かる。（笑いながら）デュッセルドルフにみなし児がいたら、みんなウズラのように肥《こ》えているだろう、賭けてもいい！

ヨハンナ　（機械的な頑固な声で）あの子たちは死んだ！　ドイツは死んだのよ！

フランツ　（乱暴に）黙れ！（間）それで？　知っているだろう、最悪の道？　あなたはぼくの目を開けてしまう、それを閉ざそうとするからだ。ぼくはいつもあなたの裏をかこうとして、結局は共犯者になってしまう、なぜなら……なぜなら、あなたに執着しているから。

ヨハンナ　（少し自分を取り戻していた）つまり、互いに自分の望みとは逆のことをしている？

フランツ　その通り。

ヨハンナ　（軽蔑的な荒っぽい声で）それで？　どんな出口になるの？

フランツ　無理矢理させられていることをそれぞれが望む。

ヨハンナ　わたしはあなたの破壊を望む、それが必要なの？

フランツ　ぼくたちは助け合って〈真実〉を望む、それが必要だ。

ヨハンナ　（同じ演技）あなたはそれを望まない。だってあなたは骨の髄までいんちきだから。

フランツ　（素っ気なく距離をおいて）まったくなあ、きみはぼくを擁護しなくてはいけなかったのに。(間。もっと熱っぽく) 手品のようなトリックはすぐにでも諦める、それは……

彼は躊躇する。

ヨハンナ　それは?

フランツ　それは、ぼくが自分の嘘よりもあなたのほうを好きになるとき。ぼくの真実にもかかわらず、あなたがぼくを愛するときだ。

ヨハンナ　(皮肉に) あなたにも真実があるの? どんな? 〈蟹〉たちに言ってるやつ?

フランツ　(彼女に飛びかかって) 何だよ、蟹って? 頭おかしいんじゃないのか? 何だよ、蟹って? (間。彼は顔をそむける) そう、そのとおり…… (急に、一気に) 〈蟹〉は人間だ。(間) え、何? (彼は座る) それを探しにどこまで行った? (間) 知っていた……かつて……そう、そう、そう。だが心配事が山ほどある。(間。きっぱりした口調で) あらゆる時代のバルコニーに、善良で美しい本当の人間がいた。ぼくは中庭を這っていた。すると聞こえた気がした。「兄弟よ、それはいったい何だ?」「それ」とはぼくのことだった…… (彼は立ち上がる。軍隊式敬礼、気をつけ。強い声で) わたしは〈蟹〉であります。(彼はヨハンナのほうへ向き、親しげに話しかける) だけどぼくは違うと言った。

人間はぼくの時代を裁いたりはしない。結局、人間はどうなる？　我々の息子の息子。孫がおじいさんを罰するのを誰が許す？　ぼくは状況をひっくり返した。そして叫んだ。「ここに人間がいる。わたしのあとは、大洪水。大洪水のあとは、〈蟹〉だ、きみたちだ！」みんな仮面をはがれた！　バルコニーは甲殻類でいっぱいだった。（高らかに）あなたも知らないわけではあるまい、人類は始めから悪い方向へ進んだ。ぼくは人間の屍《しかばね》を〈蟹〉の法廷へ引き渡し、その不運に輪を掛けてやった。（間。彼はゆっくりと横歩きする）どうだ。いまやあいつらが人間になる。（彼は錯乱した様子で穏やかに笑い、あとずさりしながらヒトラーの肖像のほうへ行く）人間だ、わかるか！（急に、邪険になり）ヨハンナ、ぼくはやつらの能力を否認する。この件はやつらから没収し、あなたに任せる。ぼくを裁いてくれ。

ヨハンナ　（驚きというよりも諦めをもって）裁く、あなたを？

フランツ　（叫びながら）聞こえないのか？（激しさに代わって不安な驚きが浮かぶ）え、何？（彼は自分を取り戻す。ほとんど素っ気ない、うぬぼれた、しかし陰鬱な笑い）あなたはぼくを裁く、あなたはぼくを裁く。

ヨハンナ　あなたは証人だった。〈人間〉の証人。つい昨日のことでしょ。

フランツ　昨日は昨日だ。（彼は手を額に当てる）〈人間〉の証人……（笑いながら）証人は誰が良いでしょう？　〈人間〉です、子供にだって答えられる。被告が被告自身のために証言している。堂々巡りになっていることはぼくも認める。（暗い自尊心をもって）ぼくは〈人間〉だ、ヨハンナ。任意のどんな人間でもあり、人類全体としての〈人間〉でもある。ぼくは〈今世紀〉そのものだ（急に道化めいた謙遜）誰だってそうですけどね。

ヨハンナ　だったらわたしは別の人を告訴します。

フランツ　誰を？

ヨハンナ　誰でもいい人を。

フランツ　被告は模範的であることを約束します。わたしは被告側の立場で証言すべきでした。けれど、お望みなら原告側に立っても構いません。（間）もちろん、あなたは自由だ。だけど、たとえあなたがぼくを理解しないまま、ぼくを知るのが怖いばっかりに、ぼくを見捨てるとしても、あなたは、良くも悪くも、判決を下したことになる。決めてください。（間。彼は天井を指さす）ぼくは頭に浮かんだことをあいつらに言う。答えは一度もない。ぼくは冗談や、笑い話もする。あいつらはどうなんだ、ぼくの言うことを鵜呑みにしているのか、それともぼくにとっての不利な証拠としてそれを取って置くのか。頭上にあるのは沈黙のピラミッド。千年の歳月が沈黙している。たまらない。でもあいつらのほうでぼくを知らないとしたら？ぼくのことを忘れていたら？ぼくはどうなる、法廷なしで？ひどい軽蔑だ！――「おまえは好きなことをやっていい、我々にはどうでもいいことだ！」――そしたら？ぼくはいてもいなくてもどうでもいいのか？処罰されていない人生、大地がそれを飲み込む。旧約聖書の時代はそうだった。だがいまは新約の時代だ。▼あなたは未来であり同時に現在、世界であり同時にぼく自身だ。あなた以外は無だ。あなたはぼくに諸世紀を忘れさせ、ぼくは生きる。ぼくの言うことにあなたは耳を傾ける。ぼくはあなたの眼差しを不意に捉え、あなたがぼくに答える声を聞くだろう。ある日、たぶん、何年か後《あと》に、あなたはぼくの無実に気がつき、ぼくもそのことを知るだろう。祝いの鐘が打ち鳴らされる。あなたはぼくの全てとなり、全てがぼくを無罪放免する。（間）ヨハンナ！ そんなことがあり得るだろうか？

間。

ヨハンナ　ええ。

フランツ　人はまだぼくを愛せるだろうか？

ヨハンナ　（悲しい微笑み、しかし深い誠実さとともに）ええ、残念だけど。

フランツは立ち上がる。彼は解放された様子、ほとんど幸せな様子である。彼はヨハンナのほうへ行き、彼女を腕に抱く。

▼サルトルは、旧約の裁きの神と新約の愛の神との対立を取り上げているように見える。 TC

フランツ　これからはぼくはもう一人ではない……（彼は彼女にキスしようとし、急に彼女を遠ざけ、再び偏執狂的な厳しい様子になる。ヨハンナは彼を見つめ、彼が孤独のなかに入ったと理解し、彼女もまた硬化する。意地悪な、しかし自分にだけ向けられた皮肉とともに）許してくれ、ヨハンナ。ぼくが自分のために選んだ裁判官を堕落させるのはまだ早い。

ヨハンナ　わたしはあなたの裁判官じゃない。人は自分の愛する人を裁いたりはしない。

フランツ　もしあなたが愛するのを止めたら？　それは裁きではないのか？　最後の審判？

ヨハンナ　どうやったらできるのわたしにそんなこと？

フランツ　ぼくがどんな人間かを知って。

ヨハンナ　もう知ってるわ。

フランツ　（嬉しそうに両手をこすりながら）いや、そうじゃないんだ。全然違う！　全然！（間。彼は完全に狂った様子をしている）ある日、ほかの日と同じような一日が訪れる。けれどもその日、ぼくは自分のことを話す。あなたはそれを聞く。すると愛は一挙に崩れ落ちる！　あなたは嫌悪のまなざしでぼくを見つめるだろう。そしてぼくは再び……（彼は四つん這いになり、横歩きする）……蟹になる！

ヨハンナ　（彼を嫌悪をこめて見つめながら）やめて！

フランツ　（四つん這いで）そう、その眼だ！（彼は勢いよく起き上がる）有罪、え？ 救いようもなく有罪！（儀式張った楽観的な声へ変わり）もちろん、無罪放免の可能性も同じようにありますがね。

ヨハンナ　（侮蔑的に、緊張して）ほんとうにそれを望んでいるの？

フランツ　わたしはね、けりをつけたいんですよ。なんらかの方法で。

間。

ヨハンナ　あなたの勝ちだわ、ブラヴォー！ わたしが出て行けば、それはあなたへの有罪宣告。残ったとしても、あなたは不信感をわたしとあなたの間に置く。その眼、もうキラキラしてるわよ、不信感で。それでその先はどうなる。頑張って一緒に堕落して、お互い念入りに卑しくなって。愛は拷問の道具になる。わたしたちはお酒を飲む、でしょ？ あなたはシャンパンに手を伸ばす。わたしはウィスキーが好きだったから、それを持ってくる。お酒のボトルを抱いて、顔をつきあわせたまま、ひとりぼっち。（意地悪な微笑み）ねえ、〈人間〉の証人、あなたに分かる、わたしたちがどうなるか？ 同じになるのよ、そこらのカップルと同じに！（彼女はシャンパンを注ぎグラスを掲げる）わたしたちに乾杯！（彼女は一気に飲み干し、そしてグラスをヒトラーの肖像へ向かって投げる。グラスは肖像に当たって割れる。ヨハンナは壊れた家具の山から肘掛椅子を持って来て、それをきちんと置き直して座る）それで？

フランツ　（当惑して）ヨハンナ……いったい……

ヨハンナ　聞いているのはわたし。それで？　言いたいことは何？

フランツ　あなたは分かってない。ぼくたちふたりだけだったら、そしたら絶対……

ヨハンナ　ほかに誰かいるの？

フランツ　（辛そうに）レニがいる。妹が。ぼくは話す、そしてレニからぼくたちふたりを救い出す。ぼくは言うべきことを……ちゃんと言う、自分に容赦なんかしない、でもぼくなりのやり方で、少しずつ。時間はかかるかも知れない、何ヶ月か、何年か、でもそれが何だ！　ぼくが欲しいのはあなたからの信頼、それだけだ、そしてあなたもぼくからの信頼を得る、ぼくだけを信じると約束してくれるなら。

ヨハンナ　（彼女は彼を長い間見つめる。より穏やかに）いいわ。あなただけを信じる。

フランツ　（すこしもったいぶって、だが誠実に）その約束を守ってくれる限り、レニは何もできない。（彼は座りに行く）怖くなってしまったんだ。ぼくの腕のなかにきみがいて、ぼくはきみが欲しくなって、そして思った、生きてみようって……すると突然、妹が見えた。あいつはぼくたちを粉々《こなごな》にする、そんな気がした。（彼はポケットからハンカチを取り出し、額をぬぐう）まったく！（優しい声で）夏なんだね？　それで暑いんだねきっと。（間。宙を見て）あの人はぼくを性能のいい機械に仕立て上げた、知っているでしょう？

ヨハンナ　お父様？

フランツ　（同じ演技）そう。人に命令する機械。（小さな笑い。間）また夏か！　そして機械は回る。いつものように空回りだ。（彼は立ち上がる）お聞かせします、ぼくの人生。卑劣な悪行《あくぎょう》なんて期待しないでくださいよ。そんなんじゃないんですから。ぼくが自分の何を非難しているのか分かります？　何もしなかったということ。（照明がゆっくり落ちる）何も！　何も、一度も！

第三場▼

フランツ、ヨハンナ、女

女の声　（穏やかに）兵隊さん！
ヨハンナ　（女の声は聞こえずに）あなたは戦争をした。
フランツ　とんでもない！

暗くなり始める。

女の声　（もっと強く）兵隊さん！
フランツ　（舞台前方に立つ。観客には彼ひとりだけが見える。ヨハンナは肘掛椅子に座り、暗がりに入る）戦争。人が戦争をつくるのではない。戦争が人をつくる。戦っているあいだ、ぼくはよく冗談を言っていた。軍服を着た市民だった。でもある晩、ぼくは兵士になった、永遠に。（彼は背後のテーブルの上から士官帽を取り、急な動きでそれをかぶる）戦いに敗れたみじめな物乞い。無能力者。ぼくはロシアから帰るところだった。身を隠しながらドイツを横切っているとき、廃墟になった村に入った。

▼第三場はブレヒトとの論争として、より詳しく言えば、『肝っ玉おっ母《かあ》』の書き換えとして理解することが出来る。肝っ玉おっ母も将校と対話するが、彼女は何も理解しないまま戦争から戦争へと流されるがままだ。まるで民衆は戦争において罪はないかのように。それに対してここでは、女は徹底的に戦争を望む。肝っ玉おっ母が受け身の受益者を体現しているとするなら、ここでの、脚をなくした女は、好戦的な女である。ドイツ民衆についての異なるふたつのイメージ。　TC

女　（あいかわらず姿は見えない、もっと強く）兵隊さん！

フランツ　え？（彼は急に振り向く。左手に懐中電灯を持っている。右手でホルスターから拳銃を抜き、いつでも撃てる体勢になる。懐中電灯は点《つ》いていない）誰だ、おれを呼ぶのは？

女　ちゃんとお探し。

フランツ　そっちは何人だ？

女　あんたの高さにゃもう誰もいないよ。地面にはあたしがいる。（フランツは急に懐中電灯を点け、地面へ向ける。黒い服を着た女が床に半ば寝て、壁に身をもたせかけている）消しとくれよ、まぶしいじゃないか。（フランツは消す。ぼんやりした光が残ってふたりを包み、ふたりの姿が見えている）は！　は！　撃て！　さあ撃て！　ドイツの女をやっちまえ、戦争の仕上げだ！

フランツは、そのつもりもないまま、女に銃を向けていたことに気付く。彼は愕然としてポケットにそれをしまう。

フランツ　何をしている？

女　見りゃわかるだろ。壁にひっついているんだよ。（昂然と）あたしの壁。村一番の頑丈な壁。まともに残ったのはこれっきりさ。

フランツ　一緒に来い。

女　あかりを点けて。（彼は点ける。光の束が地面を照らす。その光は、影のなかから一枚の毛布を浮かび上がらせる。その毛布は女をつま先から頭までくるんでいる）見るかい。（彼女は少し毛布をはぐ。彼は彼女が示しているもののほうへ懐中電灯を向ける。観客にはそれは見えない。▼それから呻き声を発して、彼は急にあかりを消す）これでも昔は脚だったんだけどね。

フランツ　何かできることは？

女　座っとくれよ、ちょっとでいいから。（彼は彼女のそばに座る）あたしたちの兵隊さんを壁ぎわに追い詰めた！（間）ほかには何もいらないよ。（間）弟ならよかったのに。死んじまってさ。ノルマンディーで。仕方ない、あんたでいい。言ってやりたかったよ。「ごらん！（村の廃墟を示しながら）おまえの仕業《しわざ》だ」

フランツ　弟さんの？

女　（直接、フランツに）そして、あんたの！

フランツ　何で？

女　（彼女には明白な事実である）あんた、やられっぱなしだったろ。

フランツ　馬鹿なことを言うな。（彼は急に立ち上がり、彼女と向かい合わせになる。彼の眼差しは、それまでは見えていなかったが今では投光器で照らされているポスターに打ち当たる。ポスターは壁に貼ってある。地面から一メートル七五センチの高さで、女の右側。「罪人《ざいにん》は、おまえたちだ！」）まただ！　あいつら、そこいらじゅうに貼り

▼ここでサルトルは、『墓場なき死者』［パリ初演は一九四六年］における拷問の表象に対してなされた非難を考慮に入れている。TC
＊（『墓場なき死者』ではとくに二幕目の拷問のシーンがスキャンダルになった）

やがって。▼

彼はそれを破ろうとする。

女　（頭を後ろへのけぞらせて、彼を見ながら）そのままでいい！　言ってるだろ、そのままでいいんだよ。これはあたしの壁なんだ！（フランツは遠ざかる）罪人は、おまえたちだ！（彼女は読み、彼を指さす）あんただ、弟だ、あんたたちみんなだ！

フランツ　敵の肩を持つのか？

女　夜が昼に、うん、と言うようにね。あいつらは神様に言う、あたしたちは人食い人種だって。神様はあいつらの言うことをお聞きなさる。だってあいつらが勝ったんだ。だけど本当の人食い人種は、勝ったほうのやつらだよ、この考えをあたしから取り上げることは誰にもできやしない。白状しなよ、兵隊さん。あんた、人間を食いたいと思わなかったろ。

フランツ　（ぐったりして）おれたちは破壊した！　破壊した！　たくさんの町、たくさんの村！　いくつもの首都！

女　あんたたちが負けたってことは、あいつらのほうがもっとたくさん壊したってことなんだよ。（フランツは肩をすくめる）人肉、食ったのかい、あんた？

▼連合軍は、ベルゲン＝ベルゼン強制収容所の残忍さを発見後、ほぼドイツ全土にこのポスターを貼った。

TC

フランツ　あんたの弟は？　食ったのか？
女　食うわけないだろ。行儀の良い子だ。あんたと同じように。
フランツ　（沈黙のあと）収容所のことは聞いたか？
女　どの？
フランツ　分かるだろ。絶滅収容所。
女　聞いたよ。
フランツ　死んだあんたの弟さんがそこの監視員をしていたって知らされたら、あんたどう思う、平気か？
女　（凶暴に）平気さ。いいかい、よくお聞き。もしあたしの弟が何千人もの人を死なせて、しかもそれをあの子は疾《やま》しく思っていて、そんなかにあたしと同じような女がいて、あの墓石の下で腐っているのとおなじような子供たちがいたとしても、あたしゃ弟を誇りに思うね。あたしゃ知ってるよ、あの子は天国にいる、そしてこう思ってる。「おれはできることをやった！」そう思う権利がある。だけどあたしゃ弟のことをよく知ってる。弟はあたしたちよりも名誉を愛し、美徳を愛した。そしてこのざまだ！（周囲を示す動作。激しく）〈恐怖〉が必要だったんだよ——あんたたちは破壊し尽くさなきゃいけなかったんだ！
フランツ　おれたちはそうした。
女　足りないよ！　収容所も、拷問係も足りない！　あんたはあたしたちを裏切ったんだ、自分のじゃないものを与えながら。たとえ赤ん坊でも、あんたが敵の命をひとつ目こぼしするたびに、あたしたちの命がひとつ奪われた。あんたは憎しみもなく戦うことを望んだ、そしてあたしには憎しみを植え付けた、その憎しみがあたしの心を咬む。あんたの美徳はどこだ、役立たずの兵隊？ 敗残兵、あんたの名誉は？ 罪人はあんただ！ 神様はあんたが何をしたかじゃなくて、何をする勇気がなかったかであんたを裁く。犯さなきゃいけなかったのに犯さなかった犯罪によって裁くんだよ！（照明は少しずつ暗くなった。今ではポスターだけが見える。声は遠ざかりながら繰り返す）罪人はおまえだ！ おまえだ！ おまえだ！

ポスターは消える。

第四場

フランツ、ヨハンナ

フランツの声　（暗闇の中）ヨハンナ！

照明。フランツは帽子なしで、テーブルの傍らに立っている。ヨハンナは肘掛椅子に座っている。女は消えている。

ヨハンナ　（ぎくっとして）それで？

フランツは彼女のほうへ行く。彼は彼女を長い間見つめる。

フランツ　ヨハンナ！

彼は思い出を追い払おうとしながら、彼女を見つめる。

ヨハンナ　（いくぶん素っ気なさをまじえて、後ろへ身をそらす）それで、どうなったの今の人？

フランツ　女？　よりけりだな。

ヨハンナ　（驚いて）よりけり？

フランツ　ぼくの夢に。

ヨハンナ　思い出じゃなかったの？

フランツ　思い出、そして夢でもある。▼あるときは連れ歩き、あるときは見捨て、あるときは……　いずれにしても、女はくたばる。悪夢だ。（目を据えて、自分自身に語るように）ぼくは女を殺したんじゃないのかって気がする。

ヨハンナ　（驚きはないが、不安と嫌悪をこめて）は！

彼は笑い始める。

フランツ　（想像上の引き金に指をかける仕草）こんな風に。（微笑みながら挑むように）あなたなら女を苦しむがままにしていましたか？　どこもかしこも犯罪だらけだ。犯罪はあらかじめ用意されている。実行犯を待つばかりだ。実物の兵隊が通りかかり、それを引き受ける。（急に）嫌ですか、この話？　ぼくはあなたの眼が嫌いだ！　ああ！　あの女にはあなたの気に入るような最後を与えればいい。（彼は大股で彼女から遠ざかる。テーブルの近くで振り向く）「罪人はおまえだ！」　どう思う？　あの女は正しかったのか？

▼ルビーヌ（Roubine）によれば、フランツの過去は「仕掛品」（work in process：製造途中にある製品）のようにして現れる。絶えず変形されるなかば虚構的な作品（フィルム）として。
TC

ヨハンナ　（肩をすくめながら）狂っていたのよ。
フランツ　そうか。つまりどういうことだ？
ヨハンナ　（強くはっきりと）わたしたちには人の数と飛行機の数が足りなかった。それで負けたのよ！
フランツ　（彼女の言葉を途中で止めて）そんなことは分かっている！それはヒトラーの問題だ。（間）ぼくが言っているのは自分のこと。戦争はぼくの運命だった。どこまでそれを愛すれば良かった？（彼女は話そうとする）よく考えろ！よーく。あなたの答えで決まるんだからな。
ヨハンナ　（居心地悪く、苛々と冷徹になり）考えたわよ。
フランツ　（間）実際にぼくが、ニュルンベルク裁判のあの重罪をすべて犯していたら……
ヨハンナ　どんな？
フランツ　知るもんか！民族虐殺そのほか一切合財！
ヨハンナ　（肩をすくめて）どうしてあなたがそれをするの？
フランツ　戦争はぼくの運命だった。世の中の父親は母親を身ごもらせると、生まれてくる子供を兵士にした。どうしてか分からない。
ヨハンナ　兵士は男だから。
フランツ　人間の前にまず兵士。それで？もしやっていたら、それでもぼくを愛する？（彼女は話そうとする）急がなくてもいい！（彼女は彼を沈黙して見つめる）

どうなんだ？

ヨハンナ　そのときにはもう愛さない。

フランツ　愛さない？（ヨハンナは頷く）嫌悪を感じる？

ヨハンナ　そうね。▼

フランツ　（笑い出す）いいぞ、いいぞ、いいぞ！　心配するな、ヨハンナ。相手は童貞だ。けがれのなさは保証付き。（彼女は警戒し硬化したままである）にっこりしてくれてもいいだろう。ぼくはドイツをセンチメンタルな感傷で殺したんだ。

浴室のドアが開く。クラーゲスが入ってくる。ドアを閉め、ゆっくりした足取りでフランツの椅子に腰掛けに行く。フランツもヨハンナも彼に注意を払わない。

▼ヨハンナの反応は、後に彼女がフランツを拒否することを予示する。また、彼女の世代の人間は（フランツの体験した）過去を理解するのが困難だということを示す。　Thody, p. 210.

第五場

フランツ、ヨハンナ、クラーゲス

フランツ　ぼくらの部隊は五百人で、ロシアの、スモレンスク近郊の小さな村を占拠していた。司令官が殺され、大尉たちも殺された。上官で残ったのは中尉のぼくとクラーゲス、それと軍曹がひとり。奇妙な三頭政治だ。クラーゲス中尉は牧師の息子だった。理想主義者で、夢ばかり見ていた……ハインリヒ軍曹は地に足のついた男だったが、混じりっ気なしのナチだった。パルチザンがぼくたちを背後で遮断していた。やつらは武装し、道を制圧していた。食料は三日分。ロシアの農民をふたり見つけた。そいつらを納屋に入れ、捕虜ということにした。▼

クラーゲス　（うちひしがれて）なんてけだものだ！

フランツ　（振り向かずに）え？

クラーゲス　ハインリヒ！　なんてけだものだ！

フランツ　（曖昧に、同じ演技）そうだな……

クラーゲス　（しょんぼりと陰鬱に）フランツ、ぼくにはもう何が何だかさっぱり分からない！（フランツは急に彼のほうへ振り向く）あのふたりの百姓、あいつ、口を

▼法的には、軍服を着た兵士だけが「捕虜」と呼ばれる。Thody, p. 210.

フランツ　割らせる気だ。

フランツ　ああ！　ああ！（間）で、きみは、あいつが百姓を小突き回すのは嫌なのか？

クラーゲス　ぼくが間違っているって？

フランツ　そうじゃない。

クラーゲス　じゃ何だ？

フランツ　あいつに、納屋には入るなって、言ったんだろう？（クラーゲスは頷く）だったらやつは、入ってはいけない。

クラーゲス　ぼくの言うことなんか聞きゃしないよ、知ってるだろ。

フランツ　（驚き憤慨したようなふりをして）何だって？

クラーゲス　言葉が見つからないんだ。

フランツ　どんな？

クラーゲス　あいつを説得する言葉。

フランツ　（あっけにとられて）いまさら説得したいのか！（乱暴に）犬ころのように扱っときゃいいんだよ、這いつくばらせときゃいいんだ！

クラーゲス　できないよ。ひとりでも軽蔑すると、たとえそいつが拷問係であっても、ぼくにはもう人を敬うことができなくなる。

フランツ　部下のうちひとりでもきみに服従するのを拒んだら、その後《ご》はもう誰もきみに服従しなくなる。人を敬うことなどぼくにはどうでもいい、だが、規

クラーゲス　律をおろそかにすれば、敗走か皆殺し、あるいはその両方だ。（彼は立ち上がり、ドアのほうへ行き、ドアを半ば開いて外を一瞥する）あいつ、納屋の前で見張ってる。（彼は再びドアを閉め、フランツのほうへ振り向く）ふたりを救おう！

フランツ　きみ自身の権威を救えば、ふたりを救える。

クラーゲス　考えたんだ……

フランツ　何を？

クラーゲス　ハインリヒはきみのいうことなら神様のように聞く。

フランツ　おれはあいつをクソ扱いするからな。当然だよ。

クラーゲス　（言いにくそうに）もしきみが命令すれば……（懇願して）フランツ！

フランツ　だめだ。捕虜はきみの持ち分だ。ぼくが代わりに命令すれば、きみを貶《おとし》めることになる。その一時間後にぼくが死んでみろ、ハインリヒがひとりで命令することになる。そうなったら一巻の終わりだぞ。兵士にとっては、やつが馬鹿だから。ふたりの捕虜にとっては、やつが意地悪だから。（彼は部屋を横切り、ヨハンナに近づく）そして何よりもきみクラーゲスにとって。たとえ中尉であろうとハインリヒに営倉送りにされる。

ヨハンナ　どうして？

フランツ　きみは我々の敗走を願っている。

クラーゲス　願っているどころか。心から欲している！

フランツ　きみにそんな権利はない！
クラーゲス　そうすればヒトラーは崩壊する。
フランツ　ドイツもそうなる。（笑いながら）降参！　降参！（ヨハンナのところへ戻り）クラーゲスは良心をごまかす天才だ。心ではナチを断罪する、体でナチに奉仕しているのを自分に隠すためだ。
ヨハンナ　奉仕したわけじゃないでしょう！
フランツ　（ヨハンナに）そうか！　あなたたちは同類だ。あいつの手は、ナチに奉仕していた。声も奉仕していた。あいつは神に向かってこう言っていた。「わたしがしていることをわたしは望んではいません！」だがあいつはそれをしていた。（クラーゲスへ戻り）戦争はきみを通じて行われる。それを拒むことによってきみは自分に無力の刻印をおしている。道徳家のきみは、魂を無駄に売り飛ばした。ぼくは自分の魂をちゃんと高値で売る。（間）まず勝つのが先決だ！　そのあとヒトラーに取りかかろう。▼
クラーゲス　それだと手遅れになる。
フランツ　分かるもんか！（ヨハンナへ戻り、脅すように）ぼくはそれまで欺されていた。もう欺されないぞ、って決心したんですよ。
ヨハンナ　欺されたって、誰に？
フランツ　それ訊《き》くんですか？　ルターです。マルチン・ルター。（笑いながら）なるほど！　そうか！　って思ってくれました？　ぼくはルターを遠くへ追いやり、

▼ロスベール（Lausberg）によれば、一九三三年から一九四四年にかけての多くのドイツ将校はこのような態度を取っていた。　TC

そして出発した。戦争はぼくの運命だった、ぼくはそれを心の底から望んだ。ぼくは行動した！　秩序をもう一度つくりあげた。自分自身と折り合いをつけたんです。

ヨハンナ　行動するって、殺すということ？

フランツ　（ヨハンナに）行動するということです。自分の名前を書き記すこと。

クラーゲス　何の上に？

フランツ　（クラーゲスに）そこにあるものの上に。ぼくは自分の名前をこの平原に書き記す。戦争の責任を負うのです、あたかも自分ひとりで戦争をしたかのように。勝ったらまた兵役に就く。

ヨハンナ　（とても素っ気なく）捕虜は、フランツ？

フランツ　（彼女のほうへ振り向きながら）え？

ヨハンナ　すべてに責任を負う。捕虜の責任も負ったの？

フランツ　（間）救ってやった。（クラーゲスに）きみの権威を保ったまま、どうやって命令すればいい？　ちょっと待て。（彼は考える）よし！（彼はドアのところへ行き、開ける。呼ぶ）ハインリヒ！

彼はテーブルのところへ戻る。ハインリヒが走りながら入ってくる。

第六場

フランツ、ヨハンナ、クラーゲス、ハインリヒ

ハインリヒ　（軍隊式敬礼。気を付け）お呼びでしょうか、中尉殿。

フランツに声をかけるとき、幸福な信頼感のある漠然とした、ほとんど優しい微笑みが、彼の顔を明るませる。

フランツ　（彼は軍曹のほうへ鷹揚《おうよう》に進み寄り、頭から足まで注意深く見る）軍曹、服が乱れているぞ。（ボタン穴から垂れているボタンを指さす）何だそれは？

ハインリヒ　これは……その……ボタンであります、中尉殿。

フランツ　（愛想良く）そんなことじゃ無くしてしまう。（彼はそれを無造作に引きちぎり、左手のなかに持っている）付け直すといい。

ハインリヒ　（残念そうに）中尉殿、糸を持っている者がおりません。

フランツ　口答えするか、クソ袋？（彼は右手で激しく往復ビンタする）拾え！（彼はボタンを落とす。軍曹はかがんでそれを拾う）気を付け！（軍曹はボタンを拾ったあと、気を付けの姿勢を取る）今日からわたしとクラーゲス中尉は一週間ごとに職

務を交替することにした。きさまはクラーゲス中尉を前哨へお連れしろ。わたしは月曜までクラーゲス中尉の割当てを担当する。行け。（ハインリヒは敬礼する）待て！（クラーゲスに）捕虜がいたな？

クラーゲス　ふたり。

フランツ　よろしい。わたしが面倒を見る。

ハインリヒ　（彼の眼は輝く。フランツなら彼の申し出を受け入れてくれると思っているのだ）中尉殿！

フランツ　（乱暴に、驚いた様子で）何だ？

ハインリヒ　あれはパルチザンであります。

フランツ　十分あり得る！　で？

ハインリヒ　もしお許しさえいただければ……

クラーゲス　捕虜に構うことは禁じてある。

フランツ　分かったか、ハインリヒ？　以上だ。もう行け！

クラーゲス　待て。こいつがぼくに何を申し出たか、知っているか？

ハインリヒ　（フランツに）わたしは……わたしは冗談のつもりでした、中尉殿。

フランツ　（眉をひそめて）上官に向かって？（クラーゲスに）何と言った？

クラーゲス　「自分がもし命令に従わなければ、どうなさいますか？」と。

フランツ　（淡々とした声で）ああ！（彼はハインリヒのほうへ振り向く）軍曹、今日、わたしから答えよう。命令に従わなければ……（拳銃のホルスターを叩きながら）

……きさまの命はない。

間。

クラーゲス　（ハインリヒに）前哨へ案内しろ。

彼はフランツと一瞥を交わし、ハインリヒの後から出て行く。

第七場

フランツ、ヨハンナ

フランツ　敵の命を助けてわが兵士たちを殺すのは良いことだったのか？

ヨハンナ　あなたは殺してはいない。

フランツ　死なせないようにあらゆる手を尽くしたわけじゃない。

ヨハンナ　捕虜はしゃべらなかったかも知れないし。

フランツ　あなたに何が分かる？

ヨハンナ　農民のことで？　あの人たちには言うことなんて何もなかった。

フランツ　あれはパルチザンではなかったと誰が証明できる？

ヨハンナ　一般的に、パルチザンは口が堅いのよ。

フランツ　一般的にはそうだ！（しつこく、狂ったように）ドイツには犯罪がふさわしい、▼え、何？（社交的に、錯乱した気安さで、ほとんどおどけて）どうなんでしょう、分かっていただけていますか？　あなたとは世代が違いますからね。（間。激しく、厳しく、真面目に、彼女へは眼を向けず、一点を見て、ほとんど気を付けの姿勢）人生は短い！　死に方は選べる！　歩け！　歩け！　恐怖の果てまで行け、

▼アンリ四世の言葉と言われる「パリはミサを捧げるに値する」（Paris vaut bien une messe.）への仄めかし。TC

＊アンリ四世はフランス国王として即位するために

地獄を越えろ！　火薬庫だ！　闇のなかで、おれがそれを爆発させていたら、何もかも吹き飛んでいた。おれの祖国以外は。おれは人の記憶に残る大輪の花火となり、一瞬後にはもう何もない。あるのは夜、そして、ブロンズに刻まれたおれの名前だけ。そうなっていたはずだ。（間）あり体《てい》に言えば、わたしは嫌悪感をぶちまけたわけですよ。原理、ねえ、つねに原理なんです。見ず知らずのふたりの捕虜、そんなやつよりもぼくは部下を大切にしていた、あなたはそう考えている。ところがぼくは、違う、と言わなくてはならなかった！　ぼくは人食い人種なのか？　いいとこベジタリアンでしょう。（間。もったいぶって、立法者風に）全てをやらなくては、何もしないのと同じだ。ぼくは何もしなかった。何もしなかったやつは、いないのと同じだ。いないのか誰も？（自分を指さして、出席を取るときのように）はい、ここにいます！（間。ヨハンナに）これが第一の訴因です。

ヨハンナ　無罪を宣告します。

フランツ　論争しなくてはだめだって言ったでしょう。

ヨハンナ　あなたを愛しているの。

フランツ　ヨハンナ！（入り口のドアがノックされる。五回、四回そして三回が二度。彼らは見つめ合う）少し手遅れでしたね。

ヨハンナ　フランツ……

フランツ　無罪にするには少しばかり手遅れでした。（間）おやじがしゃべったんで

必要と判断して、一五九三年、パリのサン＝ドニ大聖堂でプロテスタントからカトリックへ改宗した。その時に発した言葉と言われる。ミサはカトリックの聖祭。

すよ。（間）ヨハンナ、あなたは首が切り落とされるのを見ることになる。

ヨハンナ　（彼を見ながら）あなたの？（ノックが再び始まる）あなたは首を切られっぱなしで平気なの？（間）わたしを愛していないの？

フランツ　（黙って笑いながら）愛については、すぐお話しします……（ドアを指さして）……あいつのいる前で。格好悪《かっこわる》いでしょうね。覚えててくださいよ。ぼくがあなたに助けを求めても、あなたは助けない。（間）もしも運がよければ……そこに入って。

彼は彼女を浴室へ連れて行く。彼女はそこへ入る。彼は浴室のドアを閉め、レニのいるドアを開けに行く。

第八場

フランツ、レニ

フランツ　（彼は腕時計を急いではずし、ポケットに入れる。レニは皿に白砂糖をまぶした小さなガトー・ド・サヴォワを載せて入ってくる。ケーキの上には四本の蠟燭。左腕に新聞を抱えている）迷惑だな、こんな時間に。
レニ　分かるの、時間？
フランツ　さっき出て行ったばかりだ。
レニ　短く思えたのね。
フランツ　そうだな。（ケーキを指さして）何、それ？
レニ　ケーキ。あしたのデザートにしようと思って。
フランツ　それで？
レニ　でも今日持ってきた。蠟燭も一緒に。
フランツ　蠟燭って、何で？
レニ　数えてみて。
フランツ　一、二、三、四。で？
レニ　三十四歳。

フランツ　二月十五日以来そうだ。
レニ　誕生日だものね。
フランツ　今日は何の日？
レニ　特別な日。
フランツ　そうか。（彼はお盆を受け取り、テーブルの上へ運ぶ）「フランツ！」おまえなのか、名前書いたの？
レニ　どうだったら良かった？
フランツ　名声の女神「ファーマ」！（彼は自分の名前をじっと見る）バラ色の砂糖で「フランツ」と書いてある。ブロンズよりは綺麗だが、自尊心をくすぐるには弱い。（彼は蠟燭に火を点ける）ゆっくり燃えろ、蠟燭。おまえが燃え尽きるとき、おれも燃え尽きる。（無造作に）おやじには会った？
レニ　向こうから会いに来た。
フランツ　おまえの部屋に？
レニ　そうよ！
フランツ　長いことといたのか？
レニ　かなり長かった。
フランツ　おまえの部屋に。めずらしい心遣いだな。
レニ　あとでお礼しとかなきゃ。
フランツ　おれからも。

レニ　兄さんからも。

フランツ　（彼はケーキを二きれ切る）これはおれの体。（彼は二個のグラスにシャンパンを注ぐ）これはおれの血。（彼はケーキを一きれレニに差し出す）どうぞ。（彼女は微笑みながら首を振る）毒入り？

レニ　何のために？

フランツ　それもそうだ。何のために？（彼はグラスを差し出す）一緒に乾杯してくれる？（レニはグラスを取り、不信げに見つめる）蟹？

レニ　口紅。

彼はグラスを奪い取り、テーブルに打ち付けて割る。

フランツ　おまえの口紅だ！　グラスひとつ洗えないのか。（彼は彼女に、なみなみと注いだ別のグラスを差し出す。彼女はそれを取る。彼は自分のためにしまってある三つ目のグラスにシャンパンを注ぐ）おれに乾杯！

レニ　兄さんに乾杯。

彼女はグラスを上げる。

フランツ　おれに！（彼は自分のグラスと彼女のグラスを合わせる）おれのために何を願

う？

レニ　何もないことを。

フランツ　何も？　おお！　それから？　すばらしい考えだ！（自分のグラスを上げながら）何もないことに乾杯。（彼は飲み、グラスを置く。レニはよろめき、彼は彼女を腕に抱き取り、肘掛椅子へ連れて行く）ここに座るといい。

レニ　（座りながら）ごめんね。疲れちゃって。（間）しなきゃいけない一番辛いことが残っているし。

フランツ　その通りだ。（彼は額をぬぐう）

レニ　（自分自身に言うように）寒い。辛気《しんき》くさい夏。

フランツ　（びっくりして）暑苦しい。

レニ　（好意的に）え？　きっとそうね。（彼女は彼を見つめる）

フランツ　おれを見ているのか？

レニ　ええ。（間）兄さん、別人だわ。あれが見えてなきゃいけないのに。

フランツ　あれは見えないのか？

レニ　うん。わたしには兄さんが見えてる。がっかり。（間）誰も悪くない。兄さん、わたしを愛するべきだったのよ。でもできなかった。わたしはそう思う。

フランツ　おまえのこと、嫌いじゃなかった。

レニ　（激しく怒り狂った叫び）黙れ！（彼女は自分を律するが、その声は最後まで非常な厳

フランツ　しさを保つ）お父様が言ってた、兄さん、ヨハンナを知っているって。ときどき来る。なかなか大した女だ。ヴェルナーにとっては良かったじゃないか。おまえ何て言ってた？　ちっともせむしじゃないぞ。
レニ　せむしよ。
フランツ　違うよ！（手を垂直に上げ）あの人は……
レニ　そう。あの人は背筋が伸びている。だからって曲がっていないわけじゃない。（間）美しいって思う？
フランツ　おまえは？
レニ　死神のように美しい。
フランツ　気の利いたこと言うじゃないか。おれもそう思った。
レニ　あの人に乾杯！

彼女はグラスを干し、投げ捨てる。

フランツ　（客観的な口調で）妬《や》いてんのか？
レニ　何も感じない。
フランツ　そうだな。まだ早い。
レニ　早過ぎよ。

間。フランツはケーキを一かけ取り、食べる。

フランツ　（ケーキを指さし、笑いながら）喉に詰まる！（彼はケーキを左手に持つ。右手で引き出しを開け、そこから拳銃を取り出し、食べながら、それをレニに差し出す）これ。

レニ　どうしろっていうの？

フランツ　（自分を指さして）撃て。あの人はそっとしておけ。

レニ　（笑いながら）引き出しにしまってよ。わたし使い方知らないし。

フランツ　（彼は腕を伸ばしたまま。拳銃は手のひらの上に置かれている）おまえ、あの人を苦しめたりはしないよな？

レニ　わたし十三年間あの人の世話を焼いた？　愛撫をねだった？　あの人の吐いた唾を呑んだ？　あの人に食べさせたり、体洗ったり、服着せたり、みんなから守ってあげたり、した？　あの人はわたしに何の借りもない、だからわたしも手は出さない。少しは苦しめばいいと思うけど、それは兄さんを愛しているからよ。

フランツ　（どちらかといえば肯定的に）おれはおまえに、何もかも世話になった？

レニ　（荒々しく）何もかも！

フランツ　（拳銃を指さしながら）だったら、これ。

レニ　そんなにやりたいの。とんだ思い出を残すわね、あの人に！　でもあの人、やもめ暮らしがお似合いだわ。それが天職なのよ。（間）殺すだなんて、わたし兄さんに死なれちゃたまらない。でもいっぱい苦しんでもらわなきゃ気が済まない。あらいざらいヨハンナに言うわよ。

フランツ　あらいざらい？

レニ　そう。あの人のなかの兄さんを粉々《こなごな》にするの。（フランツの手は拳銃の上でひきつる）さあ、引き金引きなさいよ、哀れな妹に。わたし手紙書いたんだ。わたしに何かあったら、ヨハンナが今夜それを受け取る。（間）復讐をしているって思ってるでしょ？

フランツ　違うのか？

レニ　正しいことをしているのよ。正しいことっていうのはね、死んでいようと生きていようと、兄さんはわたしのものだってこと。だって、ありのままの兄さんを愛しているのはわたしだけなんだから。

フランツ　おまえだけ？（間）昨日、おれは皆殺しをしていたかも知れなかった。今日おれには小さな可能性が見えている。あの人がおれを受け入れてくれる一パーセントの可能性だ。（拳銃を引き出しにしまいながら）レニ、おまえが死なずに済んでいるのは、おれがこの可能性を最後まで追いかけてみようと決めたからだ。

レニ　なるほど。だったら、わたしの知っていること、あの人も知らなくちゃ。その上で、強い方が勝つ。

彼女は立ち上がり、浴室のほうへ行く。彼の後ろを通るとき、彼女は新聞をテーブルの上に投げる。フランツはびくっとする。

フランツ　何これ？

レニ　『フランクフルター・ツァイトゥンク』。わたしたちのことが載ってる。

フランツ　おれとおまえ？

レニ　うちの家族のこと。連載が始まったのよ。「ドイツ再建の立役者」。しかるべき人にしかるべき名誉をってわけよ。第一回目がゲアラッハ。

フランツ　（彼は新聞を取る決心がつかない）おやじは立役者なのか？

レニ　（記事を指し示して）新聞はそう言ってる。読めば分かるわ。最大の立役者だそうよ。（フランツは一種の嗄《しわが》れた呻《うめ》き声とともに新聞を手に取る。彼はそれを開く。彼は観客と対面して座り、背は浴室に向け、顔は広げた紙面に隠れる。レニは浴室のドアをノックする）開けなさいよ！　知ってるんだから、そこにいるって。

第九場

フランツ、レニ、ヨハンナ

ヨハンナ　（ドアを開けながら）よかった。好きじゃないの、隠れるの。（愛想良く）こんにちは。

レニ　（愛想良く）こんにちは。

ヨハンナは不安げにレニを避け、直接フランツのところへ行き、彼が新聞を読むのを見る。

ヨハンナ　新聞？（フランツは振り向きすらしない。レニのほうを向いて）やることが早いわね。

レニ　急いでいるから。

ヨハンナ　急いでこの人を殺すの？

レニ　（肩をすくめて）まさか。

ヨハンナ　走らなきゃ。わたしたち先を行っているのよ！　わたし、今日、確信したの、この人は真実に耐えられるって。

レニ　不思議なこともあるわね。兄さんは兄さんで、あなたは真実に耐えられるって確信してる。

ヨハンナ　（微笑みながら）何にでも耐えるわ。（間）お父様から聞いたの？

レニ　そう。

ヨハンナ　あなたに言うってわたしを脅してた。ここへの入り方、教えてくれたのはお父様よ。

レニ　あら！

ヨハンナ　それ聞いてなかった？

レニ　聞いてない。

ヨハンナ　わたしたち手玉にとられてるわね。

レニ　そうみたいね。

ヨハンナ　あなたはそれを受け入れるの？

レニ　ええ。

ヨハンナ　あなた何を望んでいるの？

レニ　（フランツを指さして）兄さんの人生からあなたが出て行くこと。

ヨハンナ　わたしはもう出て行かない。

レニ　出て行かせる。

ヨハンナ　やってみれば。

沈黙。

フランツ　（彼は新聞を置き、立ち上がり、ヨハンナのところへ行く。すぐ近くで）あなたはぼくだけを信じると約束した。それを忘れないで欲しい。ぼくたちの愛はそこにかかっている。

ヨハンナ　あなただけを信じる。（ふたりは見つめ合う。彼女は彼に優しい信頼をこめて微笑む、しかしフランツの顔は蒼白で、ぴくぴく動揺している。彼はむりやり微笑もうとし、顔をそむけ、自分の場所に戻り、再び新聞を手に取る）でそれで、レニ？

レニ　わたしたちふたりのうち、ひとり余計だわ。どっちが余計なのか自分で名乗るのよ。

ヨハンナ　どうすればいいの？

レニ　試験をするの。真剣勝負の。もしあなたが勝ったら、わたしと代わる。

ヨハンナ　あなた、ズルをするでしょ？

レニ　しないわよ、そんなこと。したって何にもならない。

ヨハンナ　どうして？

レニ　負けるのはあなただから。

ヨハンナ　どんな試験？　教えて。

レニ　いいわよ。（間）あなたも聞いたでしょう、ハインリヒ軍曹とロシア人の捕虜の話？　ふたりのパルチザンの命を助けて、仲間を死なせてしまったって。それで自分を責めたって？

ヨハンナ　ええ。

レニ　兄さんは間違っていなかった、あなたそう言ったでしょ？

ヨハンナ　（皮肉に）何でも知っているのね！

レニ　驚くことないわ。兄さんわたしにも同じことをしたの。

ヨハンナ　どういうこと？　嘘をついたって言いたいの？

レニ　嘘はひとつもない。

ヨハンナ　でも……

レニ　でも話はまだ終わらない。ヨハンナ、試験はここからよ。

フランツ　すごい！（彼は新聞を投げ出して立ち上がる。顔色は蒼白で眼には狂気）造船所が百二十。我が社の船舶の航行距離をつなげば、地球から月までいける。ドイツは自分の足でまっすぐ立っている。ドイツ万歳！（彼はレニのほうへ大股の機械的な足取りで行く）ありがとう、レニ。今はぼくたちをふたりにしてくれ。

レニ　いやよ。

フランツ　（高圧的に、叫びながら）聞こえないのか。ふたりにしてくれ。

彼は彼女を引っ張っていこうとする。

ヨハンナ　フランツ！
フランツ　何？
ヨハンナ　話の続きを知りたいわ。
フランツ　続きはない。全員死んだ、ぼく以外は。
レニ　よく見とくのよ、この人。わたしには全部話した、四九年のある日。
ヨハンナ　全部？　何を？
フランツ　でたらめを。こいつに真面目な話ができる？　ぼくは冗談を言ったんだ！
（間）約束したでしょうヨハンナ、ぼくだけを信じるって。
ヨハンナ　ええ。
フランツ　だったら信じてくれ。信じるんだ！
ヨハンナ　わたしは……レニの前だとあなた別人だわ。（レニは笑う）信じたい気持ちにさせて！　言ってよ、この人は嘘をついているって、言ってよ！　あなたは何もしていない、そうでしょ？
フランツ　（ほとんど呻くように）何も。
ヨハンナ　（激しく）ちゃんと言いなさいよ。わたしに聞こえるように！　言って。「ぼくは何もしていない！」
フランツ　（錯乱した声で）ぼくは何もしていない。
ヨハンナ　（彼女は彼を一種の恐怖とともに見、叫び始める）は！（彼女は叫びをおさえる）今までのあなたじゃない。

フランツ　（固執して）ぼくは何もしていない。
レニ　兄さんはさせておいたのよ。
ヨハンナ　誰に？
レニ　ハインリヒに。
ヨハンナ　ふたりの捕虜を？……
レニ　手始めがそれよ。
ヨハンナ　ほかにもいたの？
レニ　はじめの一歩を踏み出せば、あとは楽。
フランツ　あとで説明する。ふたりが一緒だと気が動転して、どうしようもなくなる……ヨハンナ、ぼくたちふたりだけになったら……　何もかも速く進みすぎた▼……でもぼくはちゃんと理由を探し出して真実を言う、ヨハンナ、ぼくは自分の命以上にあなたを愛している。

彼は彼女の腕を取る。彼女はわめきながら身を振りほどく。

ヨハンナ　放して！

彼女はレニの側に身を置く。フランツは彼女に向かい合って呆然としている。

▼サルトルは、パルチザンを拷問したフランツの行動についてコメントする際、フランス革命時の恐怖政治のあいだに革命のリーダーだったル・ボン(Le Bon)がしたことについて彼の言った言葉を引用している。「あの頃は時はとても速く過ぎていた。今ではなにもかも遅い。わたしにはもう理解できない」（*Lettres*

レニ　（ヨハンナに）はじめから冴えないわね、この試験。

ヨハンナ　わたしの負け。あなたのものだわ、この人。

フランツ　（錯乱して）聞いてくれ、ふたりとも……

ヨハンナ　（一種の憎しみをこめて）あなたは拷問した！　拷問した！▼

フランツ　ヨハンナ！（彼女は彼を見る）そんな眼で見ないでくれ。頼む。そんな眼で見ないでくれ。（間）知っていたさ！（彼は笑いだし、四つん這いになる）後ずさり！　後ずさり！（レニは叫ぶ。彼は再び立ち上がる）おまえは蟹姿のおれを見たことはないだろう？（間）ふたりとも出て行ってくれ！（レニはテーブルのほうへ行き、引き出しを開けようとする）五時十分。おやじに言ってくれ、六時に会議室で面会する。さあ出て行け！（長い沈黙。照明が落ちる。最初にヨハンナが振り返らずに出て行く。レニは少し躊躇して、彼女のあとを追う。フランツは座り、再び新聞を手に取る）造船所が百二十。一大帝国だ！

第四幕　終

Franàise, 17.9.1959)。
Thody, p. 211.

▼コンタ(Contat)は、この最終判決のなかに「アルジェリア戦争のあいだ、植民地戦争それ自体については実際的に非難しないまま拷問を告発していた〈美しい魂の人々〉の反応」を見ている。（この植民地戦争は、独立を求める民衆にたいする抑圧戦争だった）。「アルベール・カミュへの回答」（『シチュアシオン4』）において「サルトルが告発したのはカミュのこうした態度だった。ヨハンナがフランツを、彼が拷問したというただそれだけのために拒否するとき、その「サルトルがカミュにたいして告発した」態度を我々はヨハンナに認める。というのも、

彼女は、〈歴史〉の矛盾を考慮に入れることを拒否する理想主義的で融通のきかない道徳の名においてそれを暗黙のうちにしているからだ」

TC

第五幕

第一幕と同じ舞台装置。六時。日は落ちていく。始めはそのことに気がつかない、というのも、ガラスドアの鎧戸は閉められていて、部屋は薄闇のなかに沈んでいるからだ。時計が六時を打つ。三回目を打つとき、左のガラスドアの鎧戸が外から開き、光が入ってくる。父がガラスドアを押し、彼も入ってくる。同時に、二階のフランツのドアが開き、フランツが踊り場に姿を現す。ふたりの男はひととき見つめ合う。フランツは手に黒い四角の小さな鞄を持っている。彼の録音機だ。

第一場

父、フランツ

フランツ （動かずに）やあ、お父さん。

父 （自然な、親しげな声）やあ。（彼はよろめき、椅子の背もたれを摑む）待て。明かりを入れよう。

彼はもうひとつのガラスドアを開け、もうひとつの鎧戸を押す。第一幕の――終わりのほうの――緑の光が部屋に入ってくる。

フランツ （彼は階段を一段下りた）話を聞きましょう。

父 話は何もない。

フランツ 何ですって？　レニを使って頼み込んでおきながら……

父 おまえに呼ばれてここにいるんだ。

フランツ （彼は父をあっけにとられたように見つめ、笑い出す）そうでした。（彼は一段下り、止まる）見事な駒さばきでしたね！　最初はレニに対してヨハンナを動かし、次はヨハンナに対してレニを動かす。三手でチェックメイト。

父　負けたのは誰だ？
フランツ　ぼくです。黒のキング。お父さん、勝ってばかりでうんざりしてるんじゃありません？
父　何もかもにうんざりだ、ただしこの勝負は別だ。勝つことは決してない。なんとか局面を打開しようとするだけだ。
フランツ　（肩をすくめて）でも最後には望み通りになる。
父　それが一番確実な負け方だ。
フランツ　（厳しく）これに関しては、そのとおりです！（急に）局面の打開って、望みは何なんです？
父　今か？　おまえに会うことだ。
フランツ　ちゃんと会っています！　できるうちにたっぷり見ておいてください。選り抜きの情報もありますよ。（父は咳をする）咳をするの、やめてください。
父　（一種へりくだって）頑張ってみるよ。（彼はまた咳をする）なかなか思うように行かなくて……（自制しながら）もう大丈夫だ。
フランツ　（父を見ながら。ゆっくりと）悲しそうですね！（間）笑ってくださいよ！　父と子の再会なんですから、盛大に祝いましょう。（急に）お父さん、ぼくを裁いたりはできませんよ。
父　裁く？　誰がそんなことを言った？
フランツ　その眼に書いてあります。（間）犯罪者がふたり。一方がもう一方を原則の名において断罪する、ふたりとも原則を破っているのに。この茶番を何と呼びます?

父　(落ち着いて、淡々と)正義だ。(短い沈黙)おまえは犯罪者なのか?

フランツ　そうです。お父さんもです。(間)ぼくはお父さんから裁かれるのを拒否します。

父　だったらどうしてわたしを呼んだ?

フランツ　教えてあげようと思って。ぼくは全てを失《な》くしました。お父さんも全てを失くすでしょう。(間)聖書にかけて誓ってください、ぼくを裁かないって! 誓ってください、そうしないと、このまま部屋に戻ります。

父　(彼は聖書のところまで行き、それを開き、手を拡げる)誓う!

フランツ　結構です!(彼は下りてテーブルのところまで行き、その上に録音機を置く。彼は振り向く。父と子は正面から、同じ高さで向き合う)月日はどこを過ぎたんでしょうね? お父さん、昔のままだ。

父　そんなことはない。

フランツ　(彼は魅惑されたかのように近づく。目立つほど横柄に、だが防御的に)せっかく再会したっていうのに、ちっとも感動しない。(間、彼は手を上げ、ほとんどそうしようとも思わずに、手を父の腕に添える)年を取ったヒンデンブルク。え、何?(彼はうしろへ飛び退く。素っ気なく意地悪に)ぼくは拷問しましたよ。(沈黙。激しく)分かります?

父　（顔色を変えずに）ああ。続けなさい。

フランツ　それだけです。パルチザンにしつこく攻撃されていました。やつら、村人とぐるになっていた、それで村人にも口を割らせようとしたんです。（沈黙。素っ気なく神経質に）結局いつもそうなる。

父　（ゆっくりと重々しく、だが無表情に）いつも。

間。フランツは彼を高慢な態度で見つめる。

フランツ　ぼくを裁いているでしょう？

父　いや。

フランツ　それは良かった。お父さん、言っときますけど、ぼくは拷問しました、それはお父さんが密告者だからです。

父　わたしは誰も密告していない。

フランツ　じゃあ、あのポーランドのユダヤ人は？

父　彼もだ。危険は冒《おか》した……不愉快な危険を。

フランツ　それを言っているんです。（彼は過去を目に浮かべる）不愉快な危険？　ぼくも冒しました。（笑いながら）ああ！　じつに不愉快な危険をね！（彼は笑う。父はそれを利用して咳をする）どうしました？

父　一緒に笑っているんだ。

フランツ　咳をしている！　やめてください、胸がかきむしられます。
父　すまない。
フランツ　もうすぐ死ぬんですか？
父　知っているだろう。
フランツ　（彼は近づいていく。急に退く）せいせいします！（彼の両手は震える）つらそうですね。
父　何が？
フランツ　そのご大層な咳。
父　（苛々と）いや。

再び咳き込み、それから鎮まる。

フランツ　お父さんの苦しみ、ぼくも感じます。（目を据えて）ぼくには想像力が欠けていた。
父　いつ？
フランツ　あそこ。（長い沈黙。彼は父から顔を背けていた。彼は奥のドアのほうを見つめる。彼が話すとき、彼は父に直接話しかけるとき以外は、現在のなかで過去を生きている）上官たち。壊滅だ。軍曹とクラーゲス。わが手中にある。兵隊たち。わが足下だ。指令はひとつ。断固たれ。おれはぐらつかない。おれは生きる者と死ぬ者を選ぶ。きさまは命を捨ててこい！ きさまはここに残れ！（間。舞台の前面で、高貴に、陰鬱に）おれにはこの上ない権力がある。（間）え、何？（彼はひとりの見えない対話者の言うことに耳を傾けているように見える、ついで父のほうへ向き直る）ぼく、聞かれたんですよ。「どうするつもりだ？」って。

父　誰に？

フランツ　夜の大気のなかの声。毎晩。（見えない対話者たちの囁き声を真似しながら）どうするつもりだ？ どうするつもりだ？（叫んで）馬鹿者！ おれは果てまで行く。権力の果てまで！*（父に、急に）なぜだか分かります？

父　分かる。

フランツ　（少し当惑して）へえ？

父　かつて一度、人生において、おまえは無力を知ったからだ。

フランツ　（叫び、笑いながら）ヒンデンブルク爺さん、ぼけちゃいねえな。いいぞ！ その通り、ぼくはそいつを知った！（笑い止めながら）ここで、あなたのせいで！ あなたはユダヤ人をやつらに引き渡し、やつらは四人がかりでぼくを押さえつけ、ほかの連中はユダヤ人の喉を掻ききった。ぼくに何ができました？（左手の小指を上げ、それを見ながら）小指を上げることすら。（間）興味深い経験ですよ、だけど未来の指導者には勧められません。そこから立ち直れませんからね。お父さんはぼくを王子にした。誰がぼくを王様に

＊カミュの戯曲『カリギュラ』（初演一九四五年）におけるカリギュラの台詞「不可能！ おれはそれを世界の涯てまで探しに行った。おれ自身の果てまで」（第四幕第十四場）を想起させる。

したか、知ってます？

父　ヒトラーだ。

フランツ　正解。恥辱によって。この……些細《ささい》な事件のあと、権力がぼくの使命になりました。知っていました？　ぼくは感服したんです。

父　ヒトラーに？

フランツ　知りませんでした？　へえ！　ぼくはヒトラーを憎みました。前と、後で。でもあの日は、ヒトラーがぼくを奪ったんです。▼ふたりのリーダーがいれば、互いに殺し合わなくてはならない、それとも、ひとりが他方の女になるか。ぼくはヒトラーの女になりました。ユダヤ人のラビは血を流していて、ぼくは、無力の只中《ただなか》で、何とも言いようのない同意を発見したんです。（彼は過去を生きている）おれには最高権力がある。ヒトラーはおれをひとりの〈他者〉にした、ものに動じない神聖な他者、彼自身に。おれはヒトラーだ、そしておれは自分自身を超える。（間。父に）食料は底をつきました。わが兵士たちは納屋のまわりをうろついていました。（再び過去を生きながら）四人の善良なドイツ人がおれを地面におしつけて潰す。わが兵士たちは捕虜をしぼりぬき、ぶちのめす。いやだ！　あの下劣な無力のなかに二度と落ち込みはしない。絶対に。暗くなってきた。恐怖は鎖につながれている……おれはやつらを出し抜いてやる。先へ行くんだ。もし誰かが恐怖を解き放つとすれば、それはこのおれだ。おれは悪を要求する。忘れがた

▼サルトルは多義性を持たせている。［ここで「奪う」と訳した］posséder（所有する）は、「欺す」、「性的に所有される」、「悪魔に憑かれるように、また物に取り憑かれるように、憑かれる」の意味を同時に表す。　TC

い唯一無二の行動によって、おれは権力を見せつけてやる。人間を生きたまま虫けらに変えるんだ。おれはひとりで捕虜を引き受け、下劣さのなかに突き落としてやる。やつらは口を割る。権力は深い淵だ。おれにはその底が見える。未来の死人たちを選ぶだけでは足りない。ナイフとライターでおれは人間の支配に決定権を持つんだ。（錯乱して）すばらしいぞ！ 支配者は地獄へ行く、それが支配者の栄光だ。おれは行く。

彼は舞台前方で幻惑されたままでいる。

父　（落ち着いて）口を割ったのか？

フランツ　（回想から引き戻されて）え、何？（間）いや。（間）その前に死にました。

父　負けるが勝ちだ。

フランツ　結局学ぶんですよ。ぼくはゲームを仕切る親にはなれませんでした。今でも。

父　（悲しげな微笑み）関係ない。人間の支配を左右したのはあいつらの方だ。

フランツ　（わめきながら）ぼくだって同じようにできたのかもしれない！ ぶちのめされながら一言も言わずに死ぬ！（彼は鎮まる）まあそんなことはどうでもいい！ ぼくは権威を保ったんです。

父　どのくらい？

フランツ　十日。その後、敵の戦車の攻撃を受け、ぼくらは全員死にました——捕虜も。（笑いながら）すみません！　ぼく以外は！　ぼくは死にませんでした！　このとおりぴんぴんしています！（間）いろいろ言ったけど、確かなことは何もないんですよ——ぼくは拷問した、ってこと以外は。

父　その後《あと》は？（フランツは肩をすくめる）おまえは徒歩で道をたどった？　身を隠した？　そしてわたしたちのもとへ戻ってきた？

フランツ　そうです。（間）廃墟がぼくを正当化していました。ぼくは劫略された家々を、手足をもがれた子供たちを、愛しいと思いました。ぼく言いましたよね、ドイツの苦悶に立ち会わなくても済むように閉じこもることにした、って。あれ嘘です。ぼくが望んだのは祖国の死です。自分を監禁したのは、復興の証人にならなくても済むようにです。（間）ぼくを裁いてください！▼

父　さっき聖書にかけて誓った……

フランツ　考えが変わったんです。決着をつけましょう。

父　だめだ。

フランツ　誓いの縛《いまし》めを解いてあげます。

父　拷問者が密告者の判決を受け入れるのか？

フランツ　神はいません、そうでしょう？

父　おそらく。ときにはそれで厄介なことになる。

▼フランツは相変わらず責任を受け入れることを拒否している。他人が裁けば、たとえ厳しい判決でも、それは他者のする判決であり、彼が自分の行動についてどう考えるべきかを決定することにはならない。
Thody, p. 213.

フランツ　だったら、密告者であろうとなかろうと、お父さんはぼくの生まれながらの裁判官です。（間。父は首を振って否定する）裁かないんですか？　全然？　じゃあ、別のこと考えてるでしょう！　もっとまずいことになりそうだ！（急に）待っているんでしょう。何を？

父　何も。おまえはここにいる。

フランツ　待っている！　知ってますよ、そのやり方。お父さんはずーっと、ずーっと待っている。ぼく、見てきましたからね、お父さんと向かい合う冷酷な人間たち、意地悪な人間たち。やつらがお父さんを侮辱してもお父さんは何も言わず、待っている。最後には向こうがへたってしまう。（間）言ってくださいよ！　何でもいいから言ってください！　これじゃたまりません。

間。

父　これからどうする？

フランツ　上へ行きます。

父　いつ下《お》りてくる？

フランツ　もう決して。

父　部屋には誰も入《い》れないのか？

フランツ　レニは入れます。世話がいりますから。

父　ヨハンナは？
フランツ　終わりです！（間）あの小娘には勇気がなかった……
父　好きだったのか？
フランツ　さみしかったんですよ。（間）もしありのままのぼくを受け入れていたら
……
父　おまえは自分を受け入れているのか？
フランツ　お父さんは？　お父さんはぼくを受け入れています？
父　いや。
フランツ　（深く胸にこたえて）父親までも。
父　父親までも。
フランツ　（変質した声で）だったら？　一緒に何します？（父は答えない。深い苦悶をたたえて）ああ、会わなければ良かった！　こうなると思ってた！　こうなると思ってたよ。
父　何が？
フランツ　こういうことが起こるって。
父　おまえには何も起こらない。
フランツ　今はね。でもお父さんはそこにいて、ぼくはここにいる。夢で何回も見ました。そして夢のなかでと同じように、お父さんは待っている。（間）いいですよ。ぼくも待てますから。（自分の部屋のドアを指さして）お父さんと

父　ぼくの間に、あのドアを置きます。半年の我慢。（指を一本父の頭へ向ける）半年後には、その頭蓋骨は空っぽ。その眼はもう見えない。その唇はうじ虫に食べられている、唇にみなぎっている軽蔑も一緒に。おまえを軽蔑してはいない。
フランツ　（皮肉に）ほんとですか！　あんなことを教わったあとでも？
父　おまえはわたしに何ひとつ教えていない。
フランツ　（あっけにとられて）何ですって？
父　スモレンスクの話なら、三年前から知っている。
フランツ　（激しく）あり得ない！　死んだんだ！　証人は誰もいない。全員死んで地面の下だ。
父　ふたりだけ生き残った。ロシア人の捕虜になったあと解放され、会いに来た。五六年三月だ。フェリーストとシャイデマン。覚えているか？
フランツ　（狼狽して）いいえ。（間）何をしに？
父　黙っているかわりに金をくれと。
フランツ　それで？
父　脅しには乗らない。
フランツ　ふたりは……
父　黙ったままだ。おまえだって忘れていた。続けなさい。
フランツ　（視線を宙にさまよわせて）三年前？

父　三年前。すぐにおまえの死亡届を出した。そして翌年、ヴェルナーを呼び戻した。そのほうが安全だった。

フランツ　（彼は聞いていなかった）三年！　その間ぼくは〈蟹〉に演説していた。嘘をついていた！　その間、ここじゃ丸見えだったんだ。（急に）そのときからじゃありませんか、お父さんがぼくに会いたがっているのは？

父　そうだ。

フランツ　どうして？

父　（肩をすくめて）どうしてって！

フランツ　ふたりはお父さんの書斎に座っていた。お父さんはふたりの話を聞いていた、ふたりがぼくのことを知っていたからだ、そして――頃合いを見て――そのうちのひとりがお父さんに言う。「フランツ・フォン・ゲアラッハは拷問したんですよ」青天の霹靂だ！（冗談めかそうとしながら）さぞびっくりしたでしょう、ねえ？

父　いや。それほどでもない。

フランツ　（叫びながら）お父さんと別れたとき、ぼくは汚《よご》れていなかった！　純粋だった。ポーランド人を救おうとした……驚いていない？（間）どう思ったんです？　お父さんは何も知らなかった、そして突然、知ったんです！（もっと強く叫びながら）どう思ったんです！

父　（深く暗い優しさ）かわいそうな子だ！

フランツ　何ですって？
父　わたしがどう思ったか知りたいのか。言ってあげよう。（間。フランツは身の丈いっぱいにぐっと背をのばし、次いで啜り泣きながら父の肩にくずおれる）かわいそうな子だ！（彼はぎこちなく彼の首筋を撫でる）かわいそうな子だ！

間。

フランツ　（急に身を起こして）ちょっと待った！（間）不意をつかれたんです。十六年間、泣いたことがなかった。あと十六年したらまた泣くでしょう。同情なんかやめてください。嚙みつきたくなります。（間）ぼくは自分自身をそれほど好きではありません。
父　おまえが自分をどうして好きになれる？
フランツ　たしかに。
父　それはわたしの問題だ。
フランツ　ぼくのこと好きですか？　スモレンスクの屠殺《とさつ》者ですよ？
父　そうであっても、おまえはおまえだ。
フランツ　無理しなくてもいいです。（わざと下卑た笑い）蓼食う虫も好き好き。（急に）ぼくをいたぶっているでしょう！　お父さんが感情を見せるのは、計画の役に立ちそうな時だけだ。いたぶっている。激しく攻めて、次にはほろりとくる。いい頃合いにぼくを裁いて……　そうでしょう！　時間があり余っていたから、この件についてあれこれ検討してみた。威張っているから、自分のやり方でことを収めずにはいられない。

父　（暗い皮肉）威張っている！　それはもう昔のことだ。（間。彼は自分にだけ向けて、楽しそうに、だが陰鬱に笑う。それからフランツのほうへ向き直る。大きな優しさとともに、だが非情に）だがこの件に関しては、おまえの言う通り。うまく収めるつもりだ。

フランツ　（後ろへ飛びのき）そうはさせませんよ。この問題とお父さんと何の関係があるんです？

父　これ以上おまえに苦しんで欲しくない。

フランツ　（あたかも別の人間を告発するかのように厳しく乱暴に）ぼくはね、苦しんでいるんじゃないんです。苦しめたんです。分かりますよね、この違い？▼

父　ああ。

フランツ　しかも何もかも忘れた。彼らの叫び声まで。ぼくは空っぽです。

父　だろうな。前よりももっと辛いだろう？

フランツ　だったらどうして？

父　おまえは十四年間、苦しみに取り憑かれてきた。苦しみを感じているんじゃない、自分でつくりだしているんだ。

フランツ　誰が頼みました、ぼくのことを話せって？　そうです。前よりももっと辛

▼フランツに対するサルトルの観点（サルトルはフランツに意識的には共感を抱いていなかった）と「ここで」フランツから観客が受け取る印象は対照的である。おそらくその理由は、サルトルが拷問の犠牲者に明らかな共感を持っていたからである。　Thody, p. 213.

いです。ぼくは背中に苦しみを乗せている馬です、苦しみがぼくに跨《また》がって、鞭を当て、乗り回している。この騎士をお父さんにまで望みはしませんよ。（急に）それで？　解決策は？（彼は父を見る。目をひんむいて）とっとと失《う》せろ！

彼は父に背を向け、つらそうに階段を上る。

父　（彼を引き留める仕草はひとつもしなかった。だがフランツが二階の踊り場に来たとき、強い声で話す）ドイツはおまえの部屋のなかだ！（フランツはゆっくりと振り向く）ドイツは生きているぞ、フランツ！　おまえはもう忘れられない。

フランツ　生きてはいますよ、どうにかこうにか、戦争で負けたにもかかわらず。折り合いは自分でつけます。

父　戦争に負けたお蔭で、ヨーロッパ一の勢力になったんだ。それも何とかするのか？（間）我々は不和の種だ、しかも賭け金でもある。甘やかされているんだ。全てのマーケットが我々に開かれ、我々の造る機械が流通する。ドイツはひとつの溶鉱炉だ。敗北は天の恵みだった、フランツ。我々にはバターと大砲がある。兵隊もだ！　明日は爆弾を持つだろう！　その時我々は鬣《たてがみ》をゆすり、おまえはやつらが、我らの後見人が、蚤《のみ》のように跳ねるのを見る。

フランツ　（最後の防御）我々はヨーロッパを支配し、しかも負けている！　もし勝っていたら何をしたんです？
父　勝つことはできなかった。
フランツ　戦争には負けないといけなかったんですか？
父　負けるが勝ちのゲームをしなくてはならなかった。いつものように。
フランツ　それがお父さんのしたこと？
父　そうだ。戦争が始まって以来ずっと。
フランツ　それじゃあ、国を愛するあまり勝利のためには軍人としての名誉も犠牲にした者は……
父　（静かにだが厳しく）彼らは、虐殺を長引かせ、復興を害する恐れがあった。（間）本当のところ、連中は何もしていない、個人的に人を殺していただけだ。
フランツ　考えるにはいいテーマです。部屋でじっくり取り組んでみます。
父　そこにはもういられない。
フランツ　そんなことはありません。ぼくは認めませんよ、ぼくを否認するような国の存在なんて。
父　十三年やってみても大した成果はあがらなかった。今やおまえは全てを知っている。どうやってもう一度自作の喜劇を始めるんだ？
フランツ　どうやってそこから抜け出せます？　ドイツがくたばるか、それともぼくが政治犯ではなく普通法で裁かれる罪人になるか、そのどちらかです。

父　その通りだ。

フランツ　それで？（彼は父を見て、急に）死ぬのは嫌です。

父　（落ち着いて）またどうして？

フランツ　訳《わけ》は自分に聞いてください。お父さんは名前を残しました。

父　分かってくれないかな、そんなことはどうでもいいんだ！

フランツ　嘘だ。お父さんは船を造ろうと望み、そして船を造った。

父　おまえのために造ったんだ。

フランツ　へえ！　船のためにぼくを造ったんじゃないんですか、てっきりそうだと思っていました。いずれにせよ、船はそこにある。死んでも、お父さんは船団として残る。ぼくは？　ぼくは何を残すんです？

父　何も残さない。

フランツ　（錯乱して）だから百年生きるんだ。ぼくにあるのはこの命だけ。（取り乱し）それしかない！　誰にも渡さないぞ。ぼくはこの命を嫌っている、そう思ってくれて結構、それでもぼくは、何もないよりは自分の命のほうが大事なんだ。

父　おまえの命、おまえの死、それは結局、何でもない、無だ。おまえは無、何もしていない、何もしなかった、何もできない。（長い間。父はゆっくり階段に近づく。フランツの下の手すりのところに身を置き、顔を上げて話しかける）す

フランツ　まなかった。謝る。
父　（恐怖で硬化して）ぼくに、お父さんが？　やるじゃありませんか！（父は待つ。急に）謝るって、何を？
フランツ　おまえのことを。（間。微笑んで）親なんて馬鹿なものだ。太陽を止めてしまう。世界はもう変わらないものと思っていた。世界は変わった。わたしがおまえに与えた未来、覚えているか？
父　ええ。
フランツ　いつも話して聞かせた、おまえにはそれが見えていた。（フランツは頷いて同意する）けれどもそれは、わたしの過去でしかなかった。
父　ええ。
フランツ　気付いていたのか？
父　始めから。最初の頃はそれが気に入っていました。
かわいそうな子だ！　お父さんはおまえに跡《あと》を継いで欲しかった、会社を率《ひき》いて欲しかった。そうなればいいと思っていた。ところが率いるのは会社のほうだ。会社のほうで人を選ぶ。わたしはそこからはじき出された。所有者ではあっても陣頭指揮はもう執《と》っていない。おまえは小さな王子だ、そして最初から会社に断られた。王子様に何の用がある？　会社は自分で自分の経営者を育て、人材を集める。（父が話している間、フランツはゆっくり階段をおりる）おまえにはあらゆる才能と、権力への厳しい好みを授けた。

だが、何の役にも立たなかった。残念だ！　行動しようとして、おまえは一番大きな危険を選んだ、その行為は会社から見ればたんなる身振りに過ぎない。苦しんだ果てに、おまえはとうとう犯罪へ向かった。その犯罪においてさえ、会社はおまえを無にする。おまえの敗北によって肥え太るんだ。わたしは後悔は嫌いだ。そんなものは何の役にも立たない。おまえは別の場所、別のやり方で力を発揮することができる、そう信じることがわたしにできていたら……　だがわたしはおまえを王様にしてしまった。今の時代には、何の役にも立たない。

フランツ　（微笑んで）ぼくは定められているんですか？

父　その通り。

フランツ　無力に？

父　そうだ。

フランツ　犯罪に？

父　そう。

フランツ　お父さんがそうしたんですか？

父　わたしの情熱がだ。おまえに託した情熱。〈蟹〉の法廷でこう言えばいい、全てにおいて罪があるのは父親ひとりだと。

フランツ　（同じ微笑み）お父さんがそう言うのを待っていました。（彼は最後の階段をおり、父と同じ高さに立つ）では受け入れます。

父　何を？

フランツ　ぼくに期待していることを。（間）同一条件で、ふたり一緒に、今すぐ。

父　（急に当惑して）今すぐ？

フランツ　そうです。

父　（嗄れ声）つまり、今日ということか？

フランツ　直ちに、ということです。▼（沈黙）それを望んでいたんでしょう？

父　（彼は咳をする）そんなに……急がなくても。

フランツ　どうして？

父　おまえに再会したばかりだ。

フランツ　再会なんかしてませんよ、誰とも。お父さん自身にも。（彼は初めて静かに落ち着き、素直である、だが完璧に絶望している）お父さんはさまざまなイメージを作った。ぼくはそのうちのひとつにしか過ぎませんでした。残りのイメージはお父さんの頭のなかに留まったままです。不幸なことに、このイメージだけはひとつの肉体を持ちました。そしてスモレンスクで、ある晩、持ったんです……何を？　一分だけ、自立した時間を。だから、そりゃお父さんは全てについて罪があります、でもこれに関しては無罪です。（間）ぼくは十三年間、弾をこめた拳銃を引き出しに入れ、生きてきました。どうして自殺しなかったか、分かります？　為《な》されたものは為されたまま残る、そう思っていたからです。（間。深く誠実に）死ぬなんて何の役にも立

▼二人で死ぬのは、もしフランツだけ先に死ねば、父が彼を裁くことになるかも知れないからである。『存在と無』で、サルトルは、我々の死は〈他者〉の勝利である、というのも、〈他者〉が、死んだ者のことをどう考えるか決定できるからだ、と論じている。父と死ねばフランツは父が彼の「原因であり運命であった」という考えと共に死ぬことができる。

自殺で終わる結末について、*France Nouvelle* (17.5.1959) のサルトルの考えを参照。「もし主人公が自分自身と和解すれば、それを見ている観客も、解決して

ちません。ぼくにとっても無益です。ぼくは……お父さんは笑うでしょうけど、ぼくは、生まれてこなければ良かったと思います。あの上でいつも嘘を言っていたわけじゃない。夜になると、部屋のなかを歩き回って、お父さんのことを考えていました。

父　わたしはここにいた、この椅子に座って。おまえは歩いていた。わたしはそれを聞いていた。

フランツ　（無関心に、淡々と）ふぅん！（続けて）思ったんですよ、反抗するこのイメージをお父さんがうまい具合に捕まえて、ぼくのなかへ引き戻し、そこで消してくれたら、もうお父さんしかいなくなる、って。

父　フランツ、いたのは常にわたしだけだ。

フランツ　一足《いっそく》飛びですね。それちゃんと証明してください。（間）生きているうちは、ぼくたちは二人だ。（間）六人乗りだったでしょ、メルセデス、だけどお父さんが乗せてくれたのは、ぼくだけだった。お父さんはこう言っていた。「フランツ、危ないことにも慣れておかなくては。スピードを出すぞ」。あの頃、ぼくは八つでした。エルベ川のほとりの道……。今もあるんですか、トイフェルスブリュッケ*？

父　今もある。

フランツ　危険な橋だ。毎年死者が出ていた。

父　今もそうだ。増える一方だ。

いない疑問と、問いかけと、和解する危険がある」。Thody, p. 214-215.

*トイフェルスブリュッケあるいはトイフェルスブルックとアルトナとハンブルクの位置関係は実際とは違っているらしい。サルトルは、

フランツ　お父さんは「さあ来たぞ」といって、アクセルを踏み込む。ぼくは恐ろしさと嬉しさで気が変になりそうだった。
父　（軽く微笑みながら）一度、横転しそうになった。
フランツ　二度。今の車はもっと速いんでしょう？
父　レニのポルシェ▼は百八十出る。
フランツ　それにしましょう。
父　慌《あわ》ただしいな！……
フランツ　何を期待しているんです？
父　一息つきたい。
フランツ　どうぞ。（間）そんなにゆっくりはできませんよ。（間）お父さんを憎まずには一時間もいられません。
父　今もか？
フランツ　今は違います。（間）お父さんの頭のなかから一度も出たことのないたくさんのイメージ。その全部と一緒に、ぼくというイメージも粉々になる。お父さんは徹頭徹尾、ぼくの大義であり、運命であった、ということなんです。

間。

「もし私が本当にリアリズムの芝居を書こうと思ったなら、この間違いは重大なものになるでしょう。でも私が書いているタイプの芝居の場合――まあ、翻訳者がうまく直してくれるんじゃないですかね」と英国の雑誌（*Tulane Drama Review*）のインタビューで答えている。（*Un théâtre de situations, op. cit.*, p. 339.）

▼ポルシェ（デザイン事務所。自動車メーカーは息子の代から）を設立したフェルディナント・ポルシェは、ヒトラーのために大衆車（フォルクスヴァーゲン）を考案した。従ってポルシェは「第三帝国の象徴であり、同時に、［フランツによって］見出された戦後ドイツの繁栄の象徴でもある」（Van den Hoven）　TC

父　そうだな。（間）わたしはおまえを造った。わたしがおまえを解体する。わたしの死がおまえの死を包み、最後には、わたしだけが死ぬ。（間）待ってくれ。わたしだってこんなに早く事が運ぶとは思わなかった。（苦悶をうまく隠せない微笑みを浮かべて）妙だな、からっぽの空《そら》のしたで破裂する命。それは……何の意味もない。（間）わたしを裁く者はいない。（間）わたしだって、自分が好きではなかった。知っているね。

フランツ　（手を父の腕に置いて）つまりぼくのことも。

父　（同じ演技）結局わたしは雲の影だ。にわか雨がきて、また陽が射す。わたしが生きた場所を太陽が照らす。だがどうでもいい。勝つ者は負ける。我々は会社に押しつぶされる、わたしの作った会社だ。後悔することは何もない。（間）フランツ、ちょっとスピードを出してみないか？　危ないことにも慣れるさ。

フランツ　ポルシェ？

父　もちろん。ガレージから出してくる。待っててくれ。

フランツ　合図してくれる？

父　ヘッドライトか？　うん。（間）レニとヨハンナがテラスにいる。お別れを言っておいで。

フランツ　ぼくは……あの……呼んでください。

父　じゃフランツ、すぐにな。

彼は出て行く。

第二場

フランツひとり、次いでレニとヨハンナ

父が舞台の袖で叫んでいるのが聞こえる。

父　（舞台袖で）ヨハンナ！　レニ！

フランツは暖炉に近づき、自分の写真を見る。だしぬけに彼は喪章を引きちぎり、床に投げつける。

レニ　（ちょうど敷居に姿を見せたところだ）何してるの？

フランツ　（笑いながら）生きている、違うか？

ヨハンナも入ってくる。彼は舞台前方へ戻る。

レニ　軍服は脱いだの、中尉殿？

フランツ　お父さんがハンブルクまで送ってくれるんだ。明日、船に乗る。もう会うことはない。あなたの勝ちです、ヨハンナ。ヴェルナーは自由。風のように。ごきげんよう。（彼はテーブルの縁にいる。人差し指で録音機に触りながら）これを差し上げます。最高の録音と一緒に。五三年十二月十七日。霊感を受けていたんです。あとで聞いてください。弁護側の論拠を知りたくなったら、あるいはたんに、声を思い出したくなったら。受け取ってくれます？

ヨハンナ　ええ、受け取ります。

フランツ　さようなら。

ヨハンナ　さようなら。

フランツ　さようなら、レニ。（彼は父のように彼女の髪を撫でる）柔らかな髪だ。

レニ　どの車に乗っていくの？

フランツ　おまえの。

レニ　どこを通って？

フランツ　エルベ街道。

二個のヘッドライトが外で点灯される。その光がガラスドア越しに部屋を照らす。

レニ　そう。お父様が合図してる。さよなら。

フランツは出て行く。車の音。音は高まり低くなる。光はもうひとつのガラスドアを照らしてよぎり、そして消えた。車は出発した。

第三場

ヨハンナ、レニ

レニ　今何時？
ヨハンナ　（彼女のほうが時計に近い）六時三十二分。
レニ　六時三十九分に、わたしのポルシェは水のなか。▼ お別れね！
ヨハンナ　（呆然として）どうして？
レニ　ここから七分なの、トイフェルスブリュッケ。
ヨハンナ　あの人たち……
レニ　そうよ。
ヨハンナ　（厳しく、引きつって）あなたがフランツを殺したのよ！
レニ　（同様に厳しく）じゃ、あなたは？（間）こんなこと言ってても仕方ない。生きていたくなかったのよ、あの人。
ヨハンナ　（相変わらずきちんと身を持し、だが今にもくずおれそうに）七分。
レニ　（彼女は時計に近づく）あと六分。ううん。五分三十秒。
ヨハンナ　今ならまだ……
レニ　（あいかわらず厳しく）追いつける？　やってみれば。（沈黙）これからどうす

▼この水は、自殺による清めの水、『アルトナ』にほとんど出てこない母とつながる、母性的な水である。

TC

るの？

ヨハンナ　（冷徹になろうと努力して）ヴェルナーが決めるわ。あなたは？

レニ　（フランツの部屋を指さして）あそこ、誰かひとり監禁されてなくっちゃ。今度はわたし。もうお目に掛かることはないわね、ヨハンナ。（間）お願いがあるの、ヒルデに伝えてくれないかしら、明日の朝ドアをノックして、って。いろいろ頼んでおきたいから。（間）まだ二分ある。（間）あなたのこと、嫌いじゃなかった。（彼女は録音機に近づく）弁護側の論拠。

彼女は開ける。

ヨハンナ　わたしはいやよ……

レニ　七分！　もう何もできない。死んだの、あの人たち。

彼女は最後の言葉を終えると直ちに録音機のスイッチを押す。ほとんどすぐにフランツの声が響き渡る。フランツが喋っているあいだにレニは部屋を横切る。彼女は階段をあがり、部屋に入る。

フランツの声　（録音機から）諸世紀よ、これがわが二十世紀だ。孤独な、いびつな被告人だ。わがクライアントは自分の手で腹を切り裂く。▼諸君が白いリンパ液と

▼摂理や神意によってではな

思っているものは血だ。赤血球はない。被告人は飢えて死ぬ。だがわたしはいくつも空いたこの孔の秘密を諸君に語ろう。わが世紀は善良だったはずだ、もしも人間が、はるか昔からの残酷な敵、人類の滅亡を誓った肉食の種族、毛のないずる賢い獣すなわち人間自身によって見張られていなかったら。一足す一は一、これが我々の神秘だ。獣は身を隠し、我々は突然、身近な者たちの親しい眼のなかに、その獣の眼差しを捉えた。そこで我々は叩いた。予防的正当防衛だ。わたしは獣をとらえ、叩き、ひとりの人間が倒れたが、その瀕死の眼のなかに、あいかわらず生きている獣を見た。わたしだ。一足す一は一。なんたる誤解▼！わたしの喉元にある饐《す》えた味気ないこの味は、誰の味だ、何の味だ？人間のか？獣のか？わたし自身のか？これだ、わが世紀の味は。幸せな諸世紀よ、きみたちは憎しみを知らない。命をかけた我々の愛の凄まじい力をきみたちはどうすれば理解できる？愛、憎しみ、一足す一……我々に無罪を宣告してくれ！わがクライアントは恥辱を知った最初の世紀だ。彼は自分が裸であることを知っている。▼美しい子供たち、きみたちは我々から出ている。我々の苦しみがきみたちをつくった。二十世紀はひとりの女だ。二十世紀は出産する。きみたちは自分の母親に有罪を宣告するのか？え？答えろ！（間）三十世紀からの応答はない。我々の世紀の後に世紀はもうないのかも知れない。たぶん一個の爆弾が光を吹き消してしまったのだ。何もかも死んでいる。

く、人間がみずから自分の運命を決定する。
Thody, p. 215.

▼この謎めいた言葉はいくつかのレベルで解釈できる。劇のレベル：登場人物の混乱を指す（フランツは父とともに父の中へ溺死し、ヨハンナとレニは双子の姉妹であり、レニは狂気の部屋でフランツと交替する）。テーマのレベル：一足す一は決して二にはならない（愛の結合はなく、孤独が掟である）あるいは、つねに一足す一は一だった（「人が他者と出会うと、一人が死に、一人が生き残る」(L. Goldmann)）。相互テ

眼も、裁判官も、時間も。夜だ。おお、夜の法廷よ、かつてもあり、未来にもあり今もあるものよ、わたしは存在した！　わたしは存在した！　わたし、フランツ・フォン・ゲアラッハ*は、ここに、この部屋にいた、わたしは自分の肩に世紀を担《かつ》ぎ、そして言った。わたしが責任を取る。今もそしていつまでも。え、何▼？

レニはフランツの部屋に入った。ヴェルナーが家のドアのところに姿を現す。ヨハンナは彼を見て、彼のほうへ進む。ふたりの顔に表情はない。彼らは言葉を交わさずに出て行く。「答えろ」の箇所から、舞台には誰もいない。

終

クストのレベル：キリスト教の三位一体のパロディーであり、カミュ『誤解』へのほのめかし。　*TC*

▼サルトルの発言を参照。「我々の時代には何か独特のことがある。つまり、我々は自分たちが裁かれるであろうということを知っているのだ」（*L'Express*, 17.9.1959）　Thody, p. 215.

＊プレイヤード版戯曲全集では、« Franz, von Gerlach » となっていて、この場合は「ゲアラッハ家のフランツ」となる（そしてThodyの注釈版もこれを採用している）が、初出の雑誌*Les Temps modernes*（一九五九年十一月、第百六十五号）と、初版（一九六〇年、ガリマール社）では« Franz von Gerlach »となっているので、初出雑誌と初版の句読点に拠って訳す。

▼この最後の言葉は、フランツの場合、なかば受動的に、なかば望んでなされた、狂った思考の闖入を示す。責任の要求が、狂気の出現を引き起こしている。自分で責任を取ろうと思う者は、狂人になる危険を冒す。これがおそらくアンガージュマンについてのサルトルの最終的な考えである。そこには悲観的で、さらには逆説的な性格がある。他方、二重の時間性のなかに刻み込まれたこの長台詞（過去におけるフランツの録音とレニが計る死への七分の旅）によって、「え、何？」は、「仕事」のシークエンスの終わりと、そして死の闖入にたいする反応として鳴り響く。 *TC*

『アルトナの幽閉者』解説

岩切正一郎

本書はジャン＝ポール・サルトルの戯曲『アルトナの幽閉者』(*Les Séquestrés d'Altona*)の全訳である。底本にはJean-Paul Sartre, *Théâtre complet*, édition publiée sous la direction de Michel Contat, Gallimard, Bibliothèque de la Pleiade, 2005に所収のテクストを用いた。但し、本文の注に記したように、一九六〇年の初版に拠った箇所もある。

＊

サルトル(一九〇五－一九八〇年)は第二次世界大戦中、一九四〇年六月から翌年三月までドイツで捕虜生活を送ったが、その間に、クリスマス・イブの出し物として、仲間と上演するための劇の台本を書いた。聖史劇『バリオナ』(一九四〇年)で、サルトル自身、東方の三博士の一人を演じた。*

この第一作から数えると十番目の戯曲が『アルトナの幽閉者』(初演一九五九年)である。その後サルトルが書いた戯曲作品はエウリピデスの『トロイアの女たち』の翻案(一九六五年にパリのシャイヨ宮劇場で上演)があるのみであり、『アルトナの幽閉者』はサルトルの最

＊『バリオナ』は、ジャン＝ポール・サルトル著、石崎晴己編訳・解説、『敗走と捕虜のサルトル』(藤原書店、二〇一八年)に全訳が

後の創作劇ということになる。

『アルトナの幽閉者』の舞台上の時は、初演当時の観客にとっては同時代の一九五九年初夏である。主人公のフランツ・フォン・ゲアラッハはヨーロッパ最大の造船会社社長の長男で、この時三十四歳。戦時中はナチの若き将校として戦争を戦い、旧ソ連スモレンスク近郊の村でパルチザンに対する拷問に荷担したのち、部隊が壊滅して敗走し、父のもとへ帰ってきた。一年後の一九四六年から、外向けには、アルゼンチンへ高飛びして身を隠し、一九五六年に死亡したことになっていた。だが実際は家族以外の誰にも知られぬまま、ハンブルク西部の都市アルトナにある邸宅の二階の自室で十三年間、妹レニの世話を受けながら自主的に自己監禁している。（邦訳タイトルの「幽閉者」の原語は« les séquestrés »、意味は「監禁された人々」である。）

劇中、フランツは、自らを部屋に閉じ込めた理由を次のように父に説明している。

ぼく言いましたよね、ドイツの苦悶に立ち会わなくても済むように閉じこもることにした、って。あれ嘘です。ぼくが望んだのは祖国の死です。自分を監禁したのは、復興の証人にならなくても済むようにです。（第五幕第一場）

だがゲアラッハ家は、造船業という家業によってドイツ再興の「立役者」なのであり、そのドイツは、たとえ戦争では負けたとしても、父のいう「負けるが勝ち」のゲームをす

収録されている。

＊サルトルはリセや高等師範学校時代にも台本を書いたが、それらのテクストは残されていない。そして彼自身が『バリオナ』のことを「私の最初の演劇的経験」と言っている。(Jean-Paul Sartre, *Un théâtre de situations*, Gallimard, coll. Idées, 1973, p. 61.)

ることで、*合衆国のサポートを受けつつ、世界経済の勝者となっている。劇の終盤で彼はその現実を受け入れ、祖国の死ではなく、父と二人での自殺を選択する。

ドイツの苦悶に立ち会うのを拒否するにせよ、ドイツの復興の証人になるのを拒否するにせよ、フランツはあるがままの祖国を直視することから逃げ、自分を部屋に閉じ込めた。そして幻想の祖国ドイツが犯した罪を未来の人類に向かって弁護し、戦勝国の偽善的な正当性に疑義をとなえる弁論*を、そして同時に、二〇世紀に人間が犯した罪の全てをひきうけるという責任論を、蟹の姿をした三十世紀の人々に向かって繰り広げ、録音する。

『アルトナの幽閉者』はドイツを舞台にしているが、上演された歴史的なコンテクストにおいては、劇中のナチによる拷問は、一九五四年から始まっていたアルジェリア戦争におけるフランス軍による親アルジェリア独立派への拷問を示唆している。この戦争においてサルトルはフランス軍と植民者に反対する立場を表明していた。ゲアラッハ家の拷問者「フランツ」は、その名によって「フランス国」を暗示するものとなっている。だが、アルジェリアにおける拷問の問題をそのままの形で舞台化すれば検閲される恐れもあったので、*サルトルは犯罪の時代と場所を第二次世界大戦とドイツへ移し替えて戯曲を書いた。そのことを彼は当時のいろいろなインタビューで語っている。初演から五年後に再演された際のプログラムの文章には次のように書いている。

私は『アルトナの幽閉者』をアルジェリア戦争の間に書いた。当時かの地では許し

*劇の英訳のタイトルは『敗者は勝つ』(Loser Wins)だった。

*自己監禁する前、家には帰ったが部屋にはまだ閉じこもっていない一九四六年時点のフランツも、第一幕第二場での父に向かっての台詞（本書五二頁）にみられるように、「敵の前では全員無罪。全員。あんたも、おれも、ゲーリングも、ほかのみんなも。」という考えをすでに持っていた。

*反植民主義の立場を取り、アルジェリア民族主義を支持していた「アルジェ・レピュブリック」紙主幹のアンリ・アレグはその政治的主張によってフランス軍空挺部隊第十師団によって逮

難い暴力が我々の名において犯されていたが、不安を覚えつつも情報の不足していたフランスの世論はこれにほとんど反応しなかった。そこで私は、拷問を、仮面をはぎとった形で公に提示しようという気持ちになった。何かの主張があるわけではない。拷問を裸形のままに示し、断罪させれば十分だと私には思われた。
その後五年が経った。アルジェリアには平和が戻り、本作はその火傷するようなアクチュアリティーは失った。〔略〕五九年、私はアレグが「質問」と呼ぶもの〔「拷問」を指す〕を単なる拷問実行者のレベルで提起するつもりはなかった。拷問者はたいていの場合、恐怖かあるいは無感覚によって受動的に従っただけなのだ。問わなくてはならないのは真の責任者である。つまり命令を下した者たちだ。しかしながら、観客の判断を曇らせるかも知れない情念の爆発を避けるために、そして〈演劇〉に要求される「距離」を保つために、私は物語を戦後のドイツに据えた。

では五年経ってアクチュアリティーをなくしたあと、それはつまり初演から六十五年が過ぎた現代のしかも日本において、ということにもつながるが、戯曲の存在意義はどこにあるのだろうか。サルトルはプログラムのなかでこう続けている。

我々の誰ひとり拷問者ではなかった。だが、我々は全員、なんらかのやり方で、今日ではそれを否認するかもしれないしかじかの政治の共犯者であったのだ。我々もまた互いに逃げており、そして戻ってきては絶えず自問している。その役割がたとえどん

捕され、ひと月に及ぶ拷問を受けた。その体験を記した『質問』(*La Question*, 1958)はミニュイ社によって出版された。その本自体は当初検閲の対象にならなかったが本の内容を報じた雑誌は発禁処分を受け、その後『質問』自体も出版差し止めとなった。この状況でサルトルは『レクスプレス』誌に「勝利」という題で寄稿し、掲載誌は差し押さえられた。

なに些細なものであれ、我々のものであるこの〈歴史〉において自分たちはどんな役割を果たしたのか、と。その〈歴史〉は我々が作っているのであり、そしてその〈歴史〉は我々の行動を引き裂いたり曲げたりしてはいるが、それでもその行動は、我々が自分のしたことだと認めなければならない行動なのである。我々もまた虚偽にみちた無関心の状態と絶えず自問する不安との間で揺れ動いている。その自問とは、自分たちは何者なのか？　本当のところ自分たちは何をしようとし、何をしたのか？　眼にはみえない司法官たち——我々の孫たち——は我らをどのように裁くのだろうか？　といった問いである。その意味で、歴史における責任について容赦なく自らに問うている極端なケースの男、逃亡者、フランツは、もしこの戯曲がうまくいけば、我々もまた彼に似ているという限りにおいて、我々を魅了し、そして嫌悪を催させるであろう。〔略〕今日この作品を再演し、それがなんらかの形で、私が望むように、現代的意義を持っているとすれば、それは——いっさいの断罪と結論の外にあって——本作が、私自身ほとんどそのつもりではなかったのだが、観客へ枢要な問いをかつて投げかけ、そして今もなお投げかけているからだろう。おまえは自分の人生をどうしたんだ？＊＊

二十一世紀の現代の日本で、私たちが自分のなかを覗き込んでみるとき、そこにフランツの姿をした自分がいない者は誰もいないだろう。

＊あるいは直訳すると、「おまえは自分の人生で何を作ったのか？」

＊*Un théâtre de situation, op. cit.*, p. 356-358.

＊

一個の演劇作品としてみるとき、『アルトナの幽閉者』は戦争責任や拷問のテーマへだけ収斂していくわけではない。主要な登場人物は五人いて、各人が独立した人格を持っている。そして互いに反発し合う考えを持っている。そのせめぎ合いもまた本作の魅力である。そのうちの四人が一階で行っているのはドイツの裕福なブルジョワジーの家族劇であって、その点では、サルトルも認めるように本作はブルジョワ劇の性格を持っている。* と同時に、これもサルトルの認めているところだが、フランツが閉じこもっている二階は、前衛劇的な性格を持っている（フランス演劇は、イヨネスコ作『禿の女歌手』（一九五〇年）、ベケット作『ゴドーを待ちながら』（一九五三年）などの「不条理演劇」の時代に突入していた。イヨネスコの『犀』も一九五九年に初演されている）。この二層構造は『アルトナの幽閉者』の魅力のひとつである。フランツは狂気を真剣に演じており、演じられた狂気のなかで繰り出される言葉と動き、そしてそれを演技と知りつつその世界へ入り込むレニとヨハンナの言葉と行為、そこにスリリングな展開と、そして不思議な諧謔がある。

　サルトルは自分の演劇を、性格劇ではなく「状況の演劇」とみなしていた。「状況の演劇のために」（一九四七年）という論文に「人は状況のなかで自由である。人はその状況のなかで、その状況を通じて自らを選択する」と書いている。あるいはこうも言う。「演劇が見せることのできる最も感動的なこととといえば、それは、自らを作りつつある一個の性格である。選択の瞬間、ひとつの倫理と全人生を巻き込む《アンガジェ》自由な決定の瞬間だ*」。つまり、

* *Un théâtre de situations, op. cit.*, p. 355. そのインタビューのなかで、彼は「我々はブルジョワ社会から始めることを余儀なくされているのですよ。他に出発点はありません。その意味で、実存主義はブルジョワ的イデオロギーなのです、それは確かですね」と語っている。

* *Ibid.*, p. 20.

最初から固定した性格の人物（偽善者や守銭奴といった）がいて、その性格に特徴的な言動をするのではなく、人は最初は未決定の状態にあって、その人がとある状況のなかに置かれると、初めてそこで自分の自由意志によって選択しながら自分を作っていく、その瞬間を観客が目撃するのである。そこに劇的感動があるというのがサルトルの考えだった。（演出家の栗山民也氏は、稽古場でよく俳優に、台詞を言うとき、すでに用意されている言葉を発しているというふうな感じを与えてはだめで、いまこの瞬間に、この状況で初めて自分でその言葉を作り出して口にしている、というふうに言わなくては、と言っている。サルトルの演劇論と共通する考え方である。）

『アルトナの幽閉者』は自己同一性とイメージの観点からも極めて現代的であり普遍的でもある問題を私たちに提示している。

第五幕第一場の父とフランツの対話はその最も心を打つ場面であろう。父は大企業のオーナーであり経営者であるためのあるべき姿をフランツの理想のイメージとした。けれども父子ともどもその欺瞞に気付いていた。父は「自分の過去」でしかないものをフランツに押しつけようとしたのだ。しかしそもそも現代企業にとってオーナーに経営の実権はもうない。古い帝王学を授けられた王子には定められていたはずの人生が最初から剝奪されていた。「おまえは別の場所、別のやり方で力を発揮することができる、そう信じることがわたしにできていたら……　だがわたしはおまえを王様にしてしまった。今の時代には、何の役にも立たない」と父は言う。親が子供に自分の理想を押しつける弊害は、大ブルジヨワの家族でなくても現代日本の一般家庭にもしばしばみられる問題である。サルトルの劇が容赦ないのは、その父をして長男へ「おまえの命、おまえの死、それは結局、何でもない、無だ。おまえは無」と言わしめるところだろう。フランツはポーランドのユダヤ人ラビの一件を始めとして、自分で自分の正義を実践しようとしては失敗し、そのたびに父の権力によって救済され、罰を逃れてきた。無力を定められた彼は、自分を無力化する最高権力者ヒトラーを、憎みつつ理想化し、そのイメージのなかへと自分を超え出て行く。

ぼくは、無力の只中《ただなか》で、何とも言いようのない同意を発見したんです。（彼は過去を生きている）おれには最高権力がある。ヒトラーはおれをひとりの〈他者〉にした、ものに動じない神聖な他者、彼自身に。おれはヒトラーだ、そしておれは自分自身を超える。

こうして自分ではないものになってしまうこと、それは疎外の一形態である。父のつくったイメージの中から抜け出そうとして抜け出せない彼は、ヒトラー総統のイメージへと超え出たが、同時にそれは、心の中では軽蔑しているナチと同一化してしまうこと、そしてピューリタン的倫理観を本来は持っているはずの自分が他人を虫けらのように扱う権力を手中にした人間になることなのである。父が頭のなかで作っているイメージを現実世界において受肉した存在であるフランツは、皮肉にも、そのような拷問者となることで個としての人格を獲得し、自立した。

不幸なことに、このイメージだけはひとつの肉体を持ちました。そしてスモレンスクで、ある晩、持ったんです……何を？　一分だけ、自立した時間を。

と彼は父に言う。だがその自立の仕方自体が受け入れがたい存在の仕方ではあるのだ。『アルトナの幽閉者』には甘い和解はない。

父　おまえは自分を受け入れているのか？

フランツ　お父さんは？　お父さんはぼくを受け入れています？

父　いや。

フランツ　（深く胸にこたえて）父親までも。

父　父親までも。

この亀裂を抱えたまま、しかし互いに理解はし合って、ふたりは死の中へ消えてゆく。この厳しい酷薄な誠実さはサルトルの戯曲の魅力のひとつである。

ヨハンナもその点では他者がつくるイメージのなかの自分と実際の自分との乖離によって自分自身から疎外されていた女性である。フランツは、自分もそうだったのでヨハンナが何に絶望したのかをただちに見抜くことができた。

フランツ　何て呼べばいいんだろう？　空虚。（間）それとも、偉大な力……（彼は笑う）わたしは偉大な力に取り憑かれていた、ところがわたし自身にはそれがなかった。
ヨハンナ　そうね。
フランツ　あなたは自分自身を見張っていた、そうでしょう？　本当の自分を捕まえようとしていた？（ヨハンナは同意の仕草をする）捕まえた？
ヨハンナ　まさか！（彼女は鏡に映った自分を自惚れなしに見る）わたしはあれを見ていたの。（彼女は鏡像を指す。間）街角の映画館に入っていく。スクリーンのなかでスターのわたし、ヨハンナ・チエスが歩いている。小さなざわめきが聞こえてくる。みんな感動していた。一人ひとり、他人の感動に感動して。わたしは見ていた……

（第二幕第八場）

感染する欲望の形がここには見られる。ルネ・ジラールが提唱した欲望の三角形、つまり、人はある対象をそれ自体に惹かれて欲望するというよりは、他人がそれを所有したり欲望したりしているからその他人の欲望を媒介にして自分もそれが欲しくなる、という図式である。ヨハンナをめぐるフランツとヴェルナーの欲望の衝突と嫉妬はその好例である。『アルトナの幽閉者』は、こうして、初演当時の社会的・政治的アクチュアリティーだけではなく、現代の我々を拘束している様々な主題への問い、「本当の自分」のあり方、他者とイメージの関係、欲望のあり方、拷問や虐殺や破壊への荷担の仕方など、人間のあり方そのものへの問いかけとして我々に迫って来る作品である。

＊

『アルトナの幽閉者』は、一九五九年九月二十三日に、ヴェラ・コレーヌの演出によりルネサンス座で初演された。サルトルはもともとのテクストにカットを入れたらしいが、それでも上演時間が四時間にも及ぶのでその長さに閉口する批評が出たりした。サルトル自身は、もしヴェルナーの性格をもっと詳細に展開できる時間が許されたら、五時間の作品が書けた、と言っている。

サルトルの評伝を書いたコーエン＝ソラルは、この劇には登場人物間に「情念にみちた、荒々しい、強烈な、耐え難い関係」があり、「作家サルトルがここまでその技量と、想像力と、力強さに到達したことはめったにない。サルトルがここまでその筆を自分自身の支離滅裂な彷徨に、経験に、幻想に浸したことはめったにない。彼の戯曲のなかでも最も胸を打つ作品。異論の余地なき作品」と評している[＊]。

＊Annie Cohen-Solal, *Sartre 1905-1980*, Gallimard, 1985, p. 494.

サルトルのこんな逸話が伝えられている。『アルトナの幽閉者』の幕が開いて上演が数週間続いていたとき、サルトルは劇場出口のところへ、俳優たちと一緒に一杯やるためにやってきたが、その手にはその日出版されたばかりの本『アルトナの幽閉者』を持っていた。その本を俳優たちに見せながら彼は「これなんだよね、重要なのは。本」と言ったという。サルトルは戯曲を上演のマチエールというよりは書かれた作品とみなしていたのだ、と彼の演劇論集の編者は書いている。* サルトルにとってはそうかも知れないが、我々にとっては読むためだけの作品ではない。

日本で翻訳劇として上演する際にも、その長さは扱いに苦慮するところだ。二〇一四年二月に新国立劇場で上演した際には、* 演出の上村聡史氏と私とで入念なミーティングをして、三時間半ほどに収まるような形にした。翻訳劇は原語でするよりも上演時間が長くなることが多いので、もしそのまま上演していたら五、六時間の作品になったかもしれない。三時間半でも短いとは言えないが、上演してみると、息もつかせぬ濃密な舞台となり、時間の感覚も忘れて見入ってしまう熱い劇空間になっていた。

今回の翻訳は、この上演用台本作成のために準備し、現場では参考資料として俳優やスタッフと共有した注付きの全訳をもとに、演出家との打合せや稽古場での台詞直しを反映して作っている。*

最初の顔合わせで、フランツ役の岡本健一氏がニコニコしながら近づいて来て、「すばらしい台本をありがとうございます」と手を差し出し、握手をしてくれたときのことは忘れられない幸福な思い出である。カットが入っているので台詞と台詞のあいだに飛躍が少なからずある台本をいったいどんなふうに受け止めてもらえるのか、正直不安なところはあったのだ。岡本さんは、「六時間かけて全部やってみたいよね」とも言っていた。

* Michel Contat et Michel Rybalka, « Introduction » in Sartre, *Un théâtre de situations, op. cit.*, p. 10.

* 二〇一四年二〜三月、新国立劇場小劇場。演出・上村聡史。出演・岡本健一（フランツ）、美波（ヨハンナ）、横田栄司（ヴェルナー）、吉本菜穂子（レニ）、辻萬長（父）、北川響（ハインリヒ軍曹）、西村壮悟（クラーゲス中尉）。

* 蛇足だが、戯曲では「幕」のなかにいくつもの「場」がある。「場」は舞台の上で登場人物が出たり入ったりするたびに設けられる。たとえば第二幕第八場にはフランツとヨハンナがいるが、ヨハンナが出て行きフランツがひとりになるとそ

サルトルの戯曲は今もよく日本で上演される。私が最近観たものだけでも二〇一三年に森新太郎演出の『汚れた手』、二〇一八年に小川絵梨子演出の『出口なし』が上演された。*私自身も翻訳者として、二〇二一年『墓場なき死者』*、二〇二二年『恭しき娼婦』*の上演に参加した。サルトル研究家の故・石崎晴己先生は、体調の関係で舞台は観ていただけなかったものの、『墓場なき死者』について、「こんな劇が「受ける」というのは、やはり富の一極集中、あまりの格差拡大で、先進国で若者の反抗機運が高まっていることと無関係ではないのでしょうね」とメールをくださった。その上演のプロデューサーだった故・綿貫凜氏も、サルトルの戯曲に惹かれると言っていた。サルトルの戯曲のほとんどは観て楽しい性格のものとは言えないが、個人と社会、個人と他者の関係、人間の矛盾を俎上に載せ、観ると深く染みてくる、考えさせる戯曲である。そして、筋がしっかりしているので、演出に自由な工夫を凝らすことが出来る戯曲でもあるように思う。

　本書が、そのようなサルトルの戯曲の魅力をより広く知っていただくきっかけになれば幸いである。

＊

　本書の翻訳の出版は、二〇二三年十二月に、サルトル研究者ではない私が、サルトル研究をリードする澤田直先生にお声がけいただいて、サルトル研究会のシンポジウム（「サルトル演劇の現在」）で、「サルトルの戯曲を上演台本にするとき」というタイトルのもとサル

こから第九場となる。

*私は観る機会を逸したが、二〇一九年には神奈川芸術劇場で白井晃・演出による『出口なし』が上演された。

*二〇二一年一〜二月、下北沢駅前劇場。演出・稲葉賀恵、出演・土井ケイト、田中亨、中村彰男、富岡晃一郎、渡邊りょう、池田努、阿岐之将一、柳内佑介、武田知久、山本亨。

*二〇二二年六月、紀伊國屋ホール他。演出・栗山民也、出演・奈緒、風間俊介、野坂弘、椎名一浩、小谷俊輔、金子由之。

トルの戯曲の翻訳上演の経験をお話ししたのがきっかけである。その折、サルトル研究者の小林成彬氏が、私が翻訳台本を担当した『アルトナの幽閉者』に興味を持たれ、閏月社の徳宮峻氏に企画を打診してくださった。それが今回の出版へと結実したのである。澤田氏、小林氏、徳宮氏のご厚意に篤く感謝申し上げる。

【著者紹介】
ジャン=ポール・サルトル（Jean-Paul Sartre）
フランスの哲学者、小説家、劇作家、批評家。20世紀を代表する思想家の一人であり、実存主義哲学を発展させた。主著『存在と無』において現象学の手法を用い、存在の本質を探求する。その哲学は文学や演劇を通じて表現され、代表作に小説『嘔吐』や戯曲『出口なし』がある。また「アンガジュマン」の理念を提唱し、政治的活動にも積極的に参加、社会的不正や戦争に反対する姿勢を貫いた。1964年にノーベル文学賞を受賞するも辞退。生涯を通じて人間の自由と自己実現の可能性を問い続け、後世に多大な影響を与える。

【訳者紹介】
岩切正一郎（いわきり・しょういちろう）
国際基督教大学・学長。専門はフランス詩・演劇。研究書に『さなぎとイマーゴ：ボードレールの詩学』（書肆心水）他。訳書にパスカル・カザノヴァ『世界文学空間』（藤原書店）他。戯曲翻訳にアヌイ『ひばり』、カミュ『カリギュラ』、ジロドゥ『トロイ戦争は起こらない』（いずれもハヤカワ演劇文庫）。その他、ラシーヌ『フェードル』、サルトル『アルトナの幽閉者』、ベケット『ゴドーを待ちながら』、レザ『ART』など多くの舞台で翻訳を担当。第十五回湯浅芳子賞（戯曲翻訳部門）受賞。

著者…………ジャン=ポール・サルトル
訳者…………岩切正一郎

印刷／製本…モリモト印刷株式会社

アルトナの幽閉者

2025年 3 月 15 日　初版第 1 刷印刷
2025年 3 月 20 日　初版第 1 刷発行

装本…李舟行

発行者…………德宮峻
発行所…………有限会社閏月社　113-0033　東京都文京区本郷 1-28-36
TEL 03(3816)2273　FAX 03(3816)2274

ISBN978-4-904194-08-9　Printed in Japan